로크미디어가
유혹하는
재미있는 세상

ROK
MEDIA
로크미디어

# 엑스트라 책사의 로열로드 12

2023년 6월 21일 초판 1쇄 인쇄
2023년 6월 26일 초판 1쇄 발행

**지은이** mensol
**발행인** 강준규

**기획** 이기헌 왕소현 임동관 박경무 강민구 조익현
**책임편집** 이정규
**마케팅지원** 이원선

**발행처** (주)로크미디어
**출판등록** 2003년 3월 24일
**주소** 서울시 마포구 마포대로 45 일진빌딩 6층
**Tel** (02)3273-5135  **Fax** (02)3273-5134
**홈페이지** rokmedia.com  **E-mail** rokmedia@empas.com

ⓒ mensol, 2022

값 9,000원

ISBN 979-11-408-0732-1 (12권)
ISBN 979-11-354-8160-4 04810 (세트)

엑스트라 책사의
로열로드

mensol 퓨전 판타지 장편소설 ⑫

## Contents

# 1장

방에 침묵이 흘렀다.

나는 메이센과 함께 올라프와 율리아 누나가 머무르는 집에 방문해 있었다.

"아우아!"

율리아 누나가 안고 있던 아이는 팔을 휘적이며 앙탈을 부렸다.

나는 묻지 않을 수 없었다.

"누님, 그 아이는 역시나……."

"에헤헤……. 그 역시나가 맞아. 나와 올라프 씨의 아이야."

"헉."

율리아 누나는 메이센의 눈치를 보며 어쩔 줄 몰라 했다.

메이센은 돌처럼 굳어 있었다.

올라프는 면목이 없다는 듯 머리를 긁적인다.

"2년 동안 타지에서 서로를 의지하다 보니까 말이지……. 율리아는 매력적인 여성이기도 하고."

"매, 매력적인 여성이요?"

나는 아연할 수밖에 없었다.

좋아하는 남자 앞에서 그런 반응을 보이니 율리아 누나가 얼굴을 빨갛게 물들이며 노성을 지른다.

올라프는 쓴웃음을 지으며 메이센에게 말했다.

"실망시켰다면 미안해, 메이센. 하지만 내 선택에 후회는 없어."

"윽……."

메이센은 입술을 질끈 깨물더니 고개를 흔들었다.

"괜찮아요, 그것보단 베이올라프 님께서 무사하신 게 훨씬 기쁜걸요."

"무리할 필요 없어. 네게 못 할 짓을 했다는 건 충분히 알고 있으니까."

이후엔 지금까지의 일에 대한 얘기가 오고 갔다.

듣자니 이곳은 수백 년의 역사를 가진 수인들의 섬이라고 한다.

본래 인간과 수인이 어울려 살던 섬이었으나 혼혈의 경우

매우 높은 확률로 수인의 형태를 타고나기 때문에, 지금 시점에선 혼혈 수인들밖에 남지 않았다.

"핫, 수인 애호가인 당신에게 있어선 낙원 같은 곳이겠네요."

"뭐, 부정하진 않을게. 이곳은 특히 인간과 수인 사이의 앙금 같은 게 없어서 말이야. 훗날 수인들과의 화합을 위한 좋은 롤 모델이 될 거라고 생각해."

"여긴 외부와 완전히 단절돼 있는 건가요?"

"그렇게 생각했어. 여기 장로님이 외부 세계는 이미 멸망했다고 그랬거든. 내가 섬을 나가려 하니 괴물들이 득실거리는 곳이니 그냥 이곳에 있으라 하더라고. 알스, 이 말이 사실이야?"

"틀린 말은 아닙니다."

바로 옆의 동대륙은 정말로 마굴이니까. 이곳 사람이 그렇게 착각해도 이상하지 않다.

이 섬은 다른 무인도와 섞여 교묘하게 숨겨져 있기에 더욱 그랬다.

나도 엘리엇의 추적 마법이 없었다면 쉽게 도착하지 못했을 수도 있다.

엘프들의 섬과는 다른 의미로 숨어 있다고 할까. 애초에 상선이나 탐험선이 이쪽으로 올 일이 없기도 하고.

"밖의 상황에 대해서 구체적으로 말해 줄래?"

나는 이 세계에 관한 것과 겸사겸사 중앙 대륙의 정세를 말해 주었다.

이 얘기를 들은 율리아 누나는 눈을 휘둥그렇게 뜬다.

"우리 막둥이가 국왕에 공작 작위까지!? 출세할 줄은 알았지만 너무 대단하잖아!"

"상황이 잘 따라 줬죠."

올라프는 고개를 끄덕이며 내 얘기를 경청했다.

"그렇군. 내가 느긋하게 지내고 있는 사이에 그런 일들이…… 도움이 되어 주질 못해서 미안하다."

"정말 그렇습니다. 이제부턴 바빠질 테니 각오하세요."

"그래, 맡겨만 줘."

그렇게 얘기가 정리될 때쯤, 똑똑! 하며 노크 소리가 들려온다.

"도련님, 류나가 계속 도련님을 찾아서요. 잠시 달래 주실 수 있을까요?"

"응, 마침 얘기가 끝났어. 들어와."

유미르와 에오는 각자 아이를 데리고 방에 들어왔다.

"아빠!"

후다닥 내게 달려드는 류나.

내가 안아 들어 눈높이가 맞춰지자 류나는 경계하듯 율리아 누나와 그 아이를 노려본다.

율리아 누나도 눈을 끔뻑이며 류나를 관찰했다.

"그 애는 역시 유미르와의 아이인 거지?"

"맞아요, 여기 쌍둥이는 에오니아의 아이고요."

"크윽! 너무 귀엽잖아! 안아 봐도 돼!?"

"쌍둥이들은 괜찮은데, 류나는 안 돼요. 바로 울어 버리거
든요."

"으으……. 그럼 쌍둥이들만이라도."

쌍둥이들을 안은 채 상기된 표정을 짓는 율리아 누나.

류나는 이때다 하며 테이블에 놓여 있던 과자를 걸신들린
듯 먹어 치운다.

"류나! 식사 시간 전에 과자는 안 된다고 했잖니!"

유미르의 핀잔에도 내가 주위에 있을 땐 괜찮다는 걸 아는
모양이다.

"어휴, 그래서 나를 찾은 거네."

하여간 똑똑한 아이다.

그렇게 몇 시간은 가족 간의 단란한 얘기가 오고 갔다. 메
이센도 심경의 정리가 됐는지 율리아 누나와 마음을 터놓고
얘기를 했다.

이후엔 남자들만의 파티가 시작됐다.

"얘기가 끝났으면 어서 오라고, 올라프!"

술친구를 오랜만에 만난 게 기뻤는지 가스파르가 고성을
지르며 재촉했다.

순혈 수인인 그는 이곳 수인 주민들 사이에서 전설 취급을

받고 있었다.

가스파르는 그게 기분 좋았는지 벌컥벌컥 술을 마시고 있다.

그렇게 하루가 무르익었다.

이튿날.

우리는 이 섬을 거점으로 삼아 본격적으로 동대륙 본토를 탐험하기로 했다.

우리가 나갈 채비를 하자 이 섬의 촌장이자 장로인 브람스라는 노인이 젊은 수인 남자를 데려와 말한다.

"이 애를 데려가십시오. 길잡이가 돼 줄 겁니다."

"본토에는 가끔씩 왕래를 했었나요?"

"예에……. 약초나 작물의 씨앗을 얻기 위해서 보내곤 했습니다. 무사히 돌아오지 못하는 경우가 많아 정말 가끔씩이지만 말입니다."

"배려 감사합니다. 꼭 무사히 돌아오도록 하겠습니다."

여기서 물자를 보충한 뒤 왕국 군인들의 군함에는 지도 제작을 위한 주변 탐색을 지시하고 우리는 동대륙으로 향했다.

2시간 정도를 항해하자 곧 육지가 보이기 시작했다.

"이건……?"

"대체 뭐지?"

보이는 육지에 수상한 검은 안개가 끼어 있었다.

배를 정박시키자 그 안개가 피부로 느껴졌다.

"이러면 정찰도 어렵겠는데요. 일단 이곳에 캠프를 설치할게요."

캠프가 설치되는 와중, 길잡이로 따라온 몬디라는 수인에게 물었다.

"이 안개를 예전에도 본 적 있어?"

"어, 없어요. 이런 건……."

"돌발 상황이라는 건가. 하필이면……."

보아하니 몬스터의 짓거리가 분명했다.

나는 같은 몬스터인 미라벨에게 손짓했다. 그러자 미라벨은 내가 오라며 역으로 턱짓을 한다.

"나 참."

그녀는 한 지점을 지긋이 응시하고 있었다.

"미라벨, 혹시 뭔가 기운이 느껴지나요?"

"……죽은 자, 은폐, 원한, 수호."

아직 문장을 말할 수 있는 단계가 아니었던지라 단어를 나열하여 뜻을 표했다.

"죽은 자……? 혹시 언데드를 말하는 건가요?"

끄덕. 그러면서 나직이 말한다.

"데스 나이트, 있어."

죽음의 기사, 고위 흑마법사가 사역하는 존재였다.

'위험해 보이는 냄새가 나는데.'

하지만 얘기가 잘 풀리면 큰 도움이 될 수도 있었다.

적어도 상대는 지성을 가진 존재라는 거니까.

엘리엇의 추적 마법을 사용해 보니 루트거의 기운은 남동쪽으로, 멜로디아나와 리시테아의 기운은 북동쪽으로 향했다.

"팀을 나눠서 주변을 탐색하겠습니다! 모두 구원이동 주문서의 사용을 준비해 주세요!"

그렇게 나뉜 내 팀에는 미라벨, 도로시, 베아트, 안톤이 속했다.

우리는 주변 동쪽 네 방향으로 흩어져 탐색을 시작했다.

잃어버린 땅이 되어 사람이 발을 들이지 않게 된 인외마경.

그렇다고 문명의 흔적이 없는 건 아니었다.

가는 길마다 마을의 흔적이나 도로의 흔적이 보였다. 그리고 우리를 노려보는 괴물들의 시선도.

"알스 님, 살기를 띤 무리가 우리를 포위하고 있습니다. 숫자가 더 불어나기 전에 제가 처리를 할까요?"

"아뇨, 조금 더 상황을 보죠. 정말로 공격해 들어온다면 격퇴를 하면 그만이니까요."

지금 이 전력이라면 어지간한 상위 던전도 토벌 가능하다.

안톤도 안톤이지만 미라벨의 존재가 있기 때문이다.

그녀는 콧노래를 부르며 걷고 있었다.

'그러고 보니…….'

미라벨은 동대륙이 마굴이 되기 전의 상황을 알고 있었다.

내가 그 부분에 대해서 물어보자 미라벨은 고개를 끄덕였다.

"가장 커다란 인간의 왕국. 분열, 전쟁, 멸망."

"흠……."

고대 역사서에서도 비슷한 얘기가 있었다.

먼 옛날 이 동대륙에 호수를 끼고 왕국이 번영했으나 돌연 범람한 호수에 의해 멸망했다고.

'분열과 전쟁을 말하는 걸 보면 뭔가 사정이 있는 것 같네.'

그 사정과 실종자들 사이에 어떤 관계가 있는지는 모르겠지만 말이다.

그러던 때였다.

부스럭! 전력이 갖춰졌다고 판단을 했는지 우리 앞에 모습을 드러내는 괴물들.

그중 하나는 키가 4m에 달하는 오우거였다.

"오우거!? 처음 봤어!"

경악하는 도로시.

안톤도 그 거구에 아연한 표정이 된다.

그 오우거의 주변에는 고블린 잡졸들이 득실거렸다.

"미라벨, 혹시 의사소통이 가능해요?"

미라벨은 고개를 끄덕이곤 이상한 말로 고블린에게 말을 걸었다.

이것이야말로 미라벨의 진정한 가치였다. 반달린이 미라벨을 내게 붙여 준 이유.

그녀는 고대인으로서 여러 가지 종족의 언어에 능통하기 때문이다.

그녀가 말을 걸자 고블린들은 뭔가를 숙덕이기 시작했다.

미라벨이 현황을 내게 말한다.

"보물, 모으고 있어. 그걸 위해 다른 생명을 약탈……. 이놈들, 전부 죽이는 게 나아."

"네?"

미라벨은 내 지시를 듣지도 않고 출수를 했다.

탓! 단발에 파고들어 창으로 오우거의 머리통을 꿰뚫어 버린 것이다.

그어어…….

단말마의 비명을 내지르며 무너지는 오우거.

고블린들은 키에엑 하는 비명을 내지르며 일제히 석궁을 쏘았다.

그걸 베아트가 보호막으로 수비.

안톤도 미라벨과 함께 달려들어 적을 쓸어버렸다.

"우와……. 엄청나네."

도로시는 멍하니 탄성을 흘리고 있다.

어쨌든 그 고블린들을 정리한 뒤에는 미라벨이 훌쩍 어디론가 향해 놈들이 지키고 있던 보물이라는 걸 가져왔다.

"이건……!?"

마강석이 잔뜩 든 주머니였다.

그래 봤자 상위 던전의 마강석에 비하면 가치는 떨어졌지만, 지금은 조금의 마강석도 도움이 되는 상황이었기에 기쁘게 챙겨 놓기로 했다.

한편 쥬라스가 복귀한 중앙 대륙은 정신없이 상황이 벌어지고 있었다.

서부에서 시작된 전쟁이 대륙 전체로 비화되고 있었기 때문이다.

왕자들의 권력 다툼이 잠잠해진 남부의 뷜랑도 병력을 준동시키며 알스가 세운 신생 국가 리안드를 정조준하고 있었다.

뷜랑은 대륙 조약으로 인해 모든 국가와 불가침조약을 맺었지만 신생국인 리안드는 그 조약에서 예외였다.

뷜랑 입장에선 유일하게 전쟁을 일으킬 수 있는 국가였던 셈.

"하여간……. 뒤처리가 깔끔하지 못하군요."

쥬라스는 5만의 병력을 남부 영토에 파견, 뷜랑의 움직임을 견제한다.

그러면서 크로싱의 정규군 전 병력을 베카비아 방면에 주둔시켜 툰카이를 압박.

스벤너와 에우로페의 침공을 받으며 본토가 위험에 처해 있던 툰카이는 크로싱과의 마찰을 우려해 베카비아 지역의 점령을 중단하고 물러나게 된다.

이에 크로싱의 군대는 베카비아 지역에 무혈로 입성하며 땅을 점령하고 전쟁을 위한 군사 요새 건설에 착수한다.

가볍게 어부지리를 취한 쥬라스는 알바드와 연계하여 전선을 형성하기로 한다.

그 논의 과정에서 날이 선 공기가 흘렀다.

"오랜만입니다, 선생님."

"네놈만큼은 선생이라 부르지 말라고 하지 않았더냐."

"훗."

눈싸움을 벌이는 카이엔과 쥬라스.

카이엔의 시선엔 분노가 서려 있었다.

"펜실론 재흥 세력을 몰살시킨 게 네놈이었다니. 필히 예상을 했었어야 했는데……."

"어쩔 수 없죠. 당시 제 나이는 고작 15살이었으니까요.

그런 흉흉한 일에 참여했을 거라곤 생각하기 힘드실 수밖에요."

"……리즈나는, 내 딸은 네가 직접 살해한 거냐?"

"아니요, 그녀 스스로 목숨을 끊었습니다. 뭐, 제가 그런 분위기를 만들었다는 건 부정하지 않겠습니다만."

"네놈……!!"

"왜 화를 내는지 모르겠군요. 그나마 내 덕에 당신의 손자가 무사할 수 있었던 겁니다."

"잘도 그런 말을 하는구나! 그걸 빌미로 나를 잡아내려 했던 주제에……!"

"그건 두고두고 아쉽군요. 낭패한 선생님의 표정을 보고 싶었는데 말입니다. 뭐, 지나간 일보단 앞으로의 일에 관한 걸 이야기하지 않겠습니까? 손자인 알스를 이 대륙의 패자로 만드는 건 당신도 원하는 바일 테죠."

"그거야 부정하지 않겠다. 하지만 너는 어떠냐. 쥬라스, 넌 어째서 그 아이를 돕고 있는 거지?"

"글쎄요, 지금에 와서는 중요한 게 아니지 않습니까?"

카이엔은 한숨을 쉬며 흘려 냈다.

"그래, 그 부분은 나중에 얘기를 하지. 지금은 당면한 상황을 처리하는 게 먼저니까."

십걸 중 최고로 꼽히는 두 사람의 전략 회의.

그 둘이 머리를 맞대자 순식간에 대륙 통일을 향한 전쟁의 길이 만들어진다.

　계속 탐험 영역을 넓혀 가던 우리는 일단 거점지로 돌아오기로 했다.
　다른 팀들도 피해 없이 탐험을 마치고 돌아와 미리 저녁 준비를 하고 있었다.
　일리야 스승과 같이 이동을 했던 에오니아는 툴툴거리며 수프를 휘젓는다.
　보아하니 내 팀에 자기를 넣지 않은 게 불만인 모양이었다.
　나는 그녀에게 다가가 말했다.
　"잘 갔다 왔어?"
　"알스 님! 돌아오셨군요! 별일은 없으셨나요? 혹시 안톤 녀석이 자기 멋대로 사고를 쳤다든가!?"
　"별일 없었어."
　"그렇군요……."
　"나 참. 그렇게 내 팀에 오고 싶어?"
　"꼭이요!"
　즉답하는 그녀가 귀여워 보이기도 했고, 안톤도 일리야 스승과 붙여 두는 게 좋을 것 같아 트레이드를 해 놓기로 했다.

이후엔 저녁을 먹으며 앞으로의 방향에 대한 토의가 이어
졌다.

동북쪽을 수색한 일리야 스승이 말한다.

"과연 마굴이라 불릴 만해. 가는 곳마다 괴물들이 득실거
리더군. 심지어 그중 몇몇은 나로서도 상대하기 벅찬 놈들이
었다."

"음……."

"뭣보다 이곳은 너무 넓어. 우리 정도의 인원으로 대륙을
탐험하는 건 힘들다고 봐야지."

"목적 자체는 실종자들의 구출이니까요. 전부 탐험할 필
요는 없어요."

그때 가스파르가 내 말을 끊으며 말해 온다.

홀로 선행 정찰 임무를 맡았던 그는 꽤 피로해 보였다.

"이곳은 뭔가 이상하다."

"이상하다뇨?"

"괴물들이 무언가 목적을 가지고 있는 듯하거든."

"저도 약탈을 노리는 고블린과 오우거 무리를 만나긴 했어
요."

"그런 거라면 오히려 알기 쉽지. 내가 만난 건 작전을 수
행하고 있는 놈들이었다."

"작전……?"

그건 이상하다. 몬스터들이 작전을 펼친다는 것도 그랬고,

애초에 이곳은 버려진 지 오래된 곳이다. 그런 곳에서 작전이라니.

"어떤 작전을 말하는 거죠?"

"내가 느낀 바로는 경계 임무 같았어. 외부인을 격퇴하기 위한 임무 말이야. 그래서 나도 깊숙이 들어갈 순 없었다."

그때 애쉬가 손을 들며 말한다.

"일단은 실종자 수색에 집중하는 게 좋다고 생각해. 이곳에 대한 정보를 얻고 싶은 건 이해를 하지만, 그러느니 실종자들을 찾아 그들에게서 얘기를 듣는 게 훨씬 빠를 거라고 생각해."

"일리 있어, 하지만 멜로디아나와 리시테아는 가장 위험한 구역에 있다고. 그들의 구출을 위해 무리를 하다간 오히려 큰 피해를 입을 수도 있어."

끄덕. 애쉬는 무겁게 고개를 끄덕인다.

"그러니 남부에 홀로 떨어져 있는 루트거 씨부터 찾는 게 좋다고 생각해."

"애쉬 너……."

마음 같아선 당장 리시테아에게 달려가고 싶었을 텐데도, 냉정하게 판단을 내렸다.

"그럼 이렇게 해요."

소피아가 중재안을 내었다.

"일부는 이곳에 남아 진지 구축을 이어 가도록 하는 거죠.

항로는 기억을 했으니 왕국에서 인원을 더 받아 올 수 있을 거예요. 로자에게서 2천 명 정도의 군인들을 더 파견받아 이곳에 주둔시키고, 군사 요새를 짓도록 지휘를 할게요. 그사이 당신은 루트거 로젠버그의 위치가 발견됐다는 남부로 가도록 해요. 거기서 그를 찾아 이곳으로 온 뒤에 다시 얘기를 해 보죠."

소피아다운 타당한 판단이었다. 재상의 일을 수행하면서 정무적인 센스가 생겼는지 순식간에 인원 배분과 요새 건설 스케줄을 짠다.

다들 이의는 없었기에 그 방향으로 가기로 결정을 했다.

루트거가 위치한 남부로 향하는 데에는 배를 이용하기로 했다.

배로 크게 돌아가는 편이 더 효율적이었으니까.

그 전에 수인들의 섬에 돌아가 왕국으로의 항로 개척을 하기로 했다.

"휘유! 배로 이동하는 건 역시 힘드네."

"어서 방에 돌아가서 쉬세요."

"응, 그래도 일단 류나랑 쌍둥이들은 한번 봐야지."

애들은 올라프와 율리아 누나가 봐주고 있었다.

류나는 엄마 아빠가 없어져서 불안해졌는지 몸을 웅크린 채 주변을 경계하고 있었다.

쌍둥이 동생들을 지켜야 한다는 생각인지 에드와 에르니를 꼭 껴안은 채였다.

그런 애들을 올라프와 율리아 누나의 아들인 제이드가 툭툭 때리며 놀고 있었다.

류나는 반격도 하지 못한 채 뚱한 표정을 짓고 있다.

그러다 내가 나타나자 표정을 밝히며 쿵! 제이드를 밀치고 내게 달려온다.

"아빠!"

"어이구, 우리 딸. 또 낯가림하고 있었어?"

"응!"

내 말이 무슨 뜻인지도 모르고 기세 좋게 답한다.

율리아 누나도 안도의 한숨을 쉰다.

"얼마나 경계심이 심한지 몰라. 음식도 눈앞에 두고 10m는 떨어져야지 먹기 시작한다니까. 막둥이 널 닮은 건 아닌 것 같고. 유미르를 무척 닮았네."

"유미르를요?"

"응? 엄마가 말 안 했어? 유미르가 우리 저택에 처음 왔을 땐 경계심이 엄청났거든. 말을 걸어도 도망치고, 엄마가 해 준 밥도 제대로 안 먹었어. 그러면서도 배는 고팠는지 몰래 정원의 풀들을 뜯어 먹었다니까?"

슬쩍 돌아보니 유미르가 부끄러운 듯 어쩔 줄 몰라 한다.

"유, 율리아 아가씨! 그때의 일은 그러니까……."

유미르가 정원의 풀을 뜯어 먹는 광경이라니, 좀처럼 상상이 가질 않았다.

'그래도 이러면 류나를 놓고 가기가 불안해지는데.'

그렇다고 에오니아나 유미르 둘 중 하나를 놓고 가기도 그랬다.

'뭐, 급한 건 아니니까.'

일단은 항로 구축이 먼저였다.

우리는 이틀 정도를 섬에서 휴식하며 왕국에서의 지원을 기다렸다.

로자는 금방 화답을 해 줬다.

군인 2천 명을 실은 대함대와 보급을 위한 상선들을 파견해 준 것이다.

군인들이라고 해 봐야 급하게 징집한 해병들이긴 했지만 그래서인지 오히려 군기가 바짝 서 있었다.

그들에 대해선 소피아가 진두지휘를 하여 동대륙 서부에 본격적인 진지 구축을 시작한다.

나도 남부로의 출항을 준비하고 있었는데, 그때 묘한 소식을 접하게 됐다.

"웨이드 님."

돌연 그렇게 말해 오는 남자. 내가 눈매를 좁히고 있자 안톤이 끼어들어 와 말한다.

"우리 크로싱의 장교입니다. 이번에 새로이 파견이 된 모양이군요."

"특무대 3번대대 레일런이라고 합니다. 웨이드 님께 소식을 전하기 위해 급히 파견을 왔습니다."

그가 내민 것은 몇 장의 종이였다.

"이건……?"

그 종이를 펼쳐 보니 급박하게 돌아가고 있는 중앙 대륙의 정세가 적혀 있었다.

그 내용은 내 예상을 넘어서 있었다.

"빌랑이 우리 리안드를……. 예상보다 빠르군요."

"예, 빌랑은 당신의 국가인 리안드를 인정하지 않기로 했습니다. 대륙 조약에도 속하지 않으니, 침공을 해도 상관이 없다는 입장이었지요."

"빌랑에서 벌어지던 왕자들의 권력 다툼은 어떻게 된 거죠?"

"그 부분에 대해선 아직도 구체적인 부분은 알려지지 않았으나 벌어지는 형세로 미루어 보아 세 왕자들이 각각의 국가를 독립시키기로 한 것 같습니다."

"빌랑을 세 덩이로……?"

그러면 우리 입장에선 좋았다. 그러나 그 분리 독립 이전에 그들이 합심을 해서 전쟁을 일으켰다는 게 문제였다.

"뷜랑은 귀국 리안드를 멸망시키고 그 남부의 크로싱 영토까지 정복할 속셈입니다. 그 뒤에 영토를 세 개로 쪼개어 왕자들끼리 새로운 국가를 세우려는 것이지요."

"정치적인 목적의 전쟁이라는 거군요."

이러면 골치가 아파진다. 우리 리안드는 아직 군부가 완벽하지 않고, 영토 장악력도 떨어지는 편이니까.

자칫 귀족들이 뷜랑에 홀라당 붙어 버릴 수도 있다.

이외에도 서부 전쟁에 관한 이야기도 있었다.

그리고 마지막 대목에서 나는 눈을 의심할 수밖에 없었다.

"……뭐죠, 이건?"

"적혀 있는 그대로입니다. 알바드의 8만 병력과 크로싱의 10만 병력이 리안드 서부에서 교전. 크로싱의 총대장 쥬라스 파밀리온이 전사하고, 알바드의 총대장인 사략의 카이엔도 전쟁 중에 입은 부상으로 인해 병사했다고 합니다."

굉장히 작위적으로 보이는 상황.

"쥬라스가 전사하고 카이엔이 병사……?"

아직 공식적으로 발표가 되진 않았지만, 알바드, 크로싱, 리안드는 연합을 하기로 돼 있었다.

그중 알바드와 크로싱이 부딪치다니.

"이건 사실입니까?"

"들려온 정보에 의하면……."

"그런 걸 묻는 게 아닙니다. 쥬라스 녀석이 뭔가 지시를 해 놨겠지요."

"그렇지 않습니다. 쥬라스 님께선 그 이후 정말로 소식이 끊겼습니다. 장교들도 전사했다고 증언을 하고 있는지라……."

"그게 무슨……!?"

쥬라스와 카이엔의 충돌은 당위성이 있었다.

내가 사실을 전부 말했으니 카이엔은 크로싱과 쥬라스를 증오하고 있었을 테다. 딸 리즈나의 원수인 쥬라스를 죽이려 든다고 해도 이상하진 않다.

'아니, 그렇다고 이렇게 섣불리 움직일 리는 없어.'

내게는 뭔가의 책략이 꿈틀거리고 있다는 예감이 들었다.

중앙 대륙의 정세가 심상찮은 만큼 실종자 수색에 박차를 가해야 했다.

나는 가신들, 그리고 5백 명의 군인들을 대동하여 루트거가 위치한 남부 지역으로 빠르게 이동했다.

이곳 동대륙은 북부와 남부의 형태가 다르다.

북부의 경우엔 계속 범람하는 호수 때문에 옛날 옛적에 폐허가 됐다면, 이곳 남부는 그래도 역사서에 기록될 정도로는 인류의 역사가 이어졌기 때문이다.

그래서 오래되긴 했어도 지도 정도는 있었다.

"이곳이 구스람산맥인데······. 엘리엇, 루트거의 흔적이 이곳에 있는 게 맞습니까?"

"몇 번이나 말하지만 내 추적 마법은 절대적이지 않다고. 참고만 하는 거야, 참고만."

어쨌든 루트거의 추적 마법이 가리키는 곳은 이곳이 확실했다.

만약 이곳에 루트거가 없다고 하면 루트거에 대한 단서는 제로가 되기 때문에 부디 있어 주길 바라는 수밖에 없었다.

우리는 구원이동을 사용한 뒤 천천히 산맥을 타고 올라갔다.

"묘하네요. 이쯤 되면 괴물들이 득실거려야 정상인데······."

마치 군대가 정기적으로 토벌을 한 것 같은 느낌이었다. 그 정도로 깔끔했다.

심지어는 표지판까지 보였다.

구시대의 물건이라기엔 깔끔해 보이는 표지판.

그곳엔 알아볼 수 없는 문자가 적혀 있었다.

"미라벨! 이걸 읽을 수 있습니까?"

미라벨은 눈살을 찌푸리더니 고개를 흔들었다.

"말은 알아들을 수 있어도, 문자, 못 읽는 거 많아."

"그렇군요."

문자를 알 수가 없으니 이게 경고 표지인지 안내 표지인지를 판단할 수가 없었다.

그래도 표지가 있으니 따라가 보기로 했다.

이후로도 몇 개의 표지를 따라가자 산맥 중간의 구릉 지대가 나타났다.

완만한 언덕으로 이뤄진 산지.

"무슨……?"

나는 말문을 잃을 수밖에 없었다.

그도 그럴 게 그곳에 주르르 선 민가에서 연기가 피어오르고 있었으니까.

이건 지금까지 봐 온 먼 문명의 흔적이 아니었다.

현재 진행형으로 이어져 오는 문명 그 자체였던 것이다.

인외마경의 마굴이라 불리는 동대륙의 모습이라곤 예상하지 못한 것이었다.


주르르 서 있는 민가.

이 모습에 모두들 아연한 표정을 짓고 있었다.

애쉬가 눈을 끔뻑이며 중얼거린다.

"알스, 혹시 우리가 실수로 북대륙이나 남대륙에 정박한 거 아니야?"

"그럴 리는 없어."

"그럼 이건 대체 뭐야? 동대륙은 사람이 살 수 없는 인외

마경이라며?"

"그러게……."

심지어 반달린조차 동대륙을 마굴이라 칭했다.

다만 그 본인도 동대륙을 주기적으로 시찰했다거나 하진 않은 듯했으니 모르는 게 있을 가능성은 충분했다.

"일단 가 보자. 혹시 모르니 다들 경계 태세를 갖춰요!"

우리는 가장 가까운 민가로 향했다.

연기가 뿜어져 나오고 있는 집.

똑똑! 노크를 하자 안에서 기척이 들려온다.

그리고 얼굴을 비친 건 젊은 여성이었다.

"……?"

여성은 우리들을 보며 눈살을 찌푸렸다.

그리고는 쾅! 문을 닫아 버린다.

"잠깐……."

곧 집 안에서 땡땡땡! 하는 비상 종소리가 울려 퍼진다.

이게 봉화와 비슷한 역할을 하는지 다른 민가에서도 종소리가 울렸고, 이게 산지 전체로 확대됐다.

털을 곤두세운 가스파르가 소리쳤다.

"알스! 무리가 몰려온다! 제법 강해!"

"쳇! 일단 접촉해 보죠. 구원이동을 사용한 상태이니 여차할 땐 그걸로 후퇴를 하면 되니까요."

곧 위압적인 기세를 갖춘 전사의 무리가 모습을 드러냈다.

특이한 점이 있다면 죄다 여성이었다는 것.

우리는 무기를 뽑아 든 채 그들과 대치를 했다.

다만 그녀들은 우리에게 그렇게까지 적대적이진 않은 듯했다.

대화의 여지가 있는지 무어라 얘기를 걸어온다.

그때 미라벨이 반응을 했다.

그녀는 눈을 휘둥그렇게 뜬 채 상대와 대화를 하기 시작했다.

"쥬드?"

상대의 우두머리와 면식이 있는 듯, 그렇게 의문을 표하는 미라벨.

상대도 미라벨의 얼굴을 보곤 입을 떡 벌렸다.

곧 둘은 팔을 맞잡으며 격한 인사를 나눴다.

"뭐야, 대체 무슨 일이 벌어지고 있는 거야?"

나도 애쉬와 똑같은 심정이었다.

다행히 미라벨의 인사 이후에 상대가 뿜어내는 투기가 사그라졌다.

미라벨은 나를 소개하는지 내 쪽으로 손짓을 한다.

쥬드라 불린 여성 전사는 품평하듯 나를 훑어보고는 고개를 끄덕이며 어디론가 안내를 하기 시작했다.

우리가 향한 곳은 구릉의 중심지에 위치한 마을이었다.

이곳에서 여성 전사들이 바쁘게 일을 하고 있었다.

나는 미라벨에게 슬쩍 물었다.

"이들은 대체 뭔가요?"

"슬픈 종족."

"……?"

"이 애들, 전쟁에서 인간 도왔어. 그래서 올킨에게 저주, 받았어. 여자만 태어나고 인간과만 아이를 가질 수 있게끔."

"뭔가 당신의 자손이 받은 저주와 비슷한 느낌인데요."

미라벨에게 내려진 저주는 모신이 했다고 들었다.

미라벨도 고개를 끄덕인다.

"아마 올킨이 아닐지도. 이것도 모신이 한 걸 거야."

어쨌든 얘기를 정리하자면, 여기 이 여성으로만 된 종족은 골디안이라는 이종족이라고 한다.

지금이야 완전히 인간으로 보이지만 예전에는 수인에 가까운 종족이었다고 한다.

그게 저주를 받고 인간들과만 교류를 하다 보니 인간과 똑같은 모습이 됐다.

'그건 그렇다 쳐도……'

이들은 명백히 현세의 존재가 아니었다.

마나로 된 괴물들. 미라벨과 똑같은 존재였다.

던전을 이루고 살아야 되는 그들이 민가를 짓고 문명을 이루고 있다는 게 마음에 걸렸다.

'뭔가 사정을 더 자세히 알고 있는 사람이 필요한데.'

반달린이라도 데려오고 싶은 심정이었다.

그러던 그때, 엘리엇이 나를 재촉했다.

"이봐 알스! 이곳이다!"

"예?"

"이곳에 그 루트거인지 뭔지 하는 네 가신이 있다고!"

"……!"

그 말이 끝나기 무섭게, 마을의 가장 커다란 집에서 루트거가 얼굴을 내밀었다.

그는 우리 일행을 보고는 눈을 부릅떴다.

"알스!"

후다닥 달려오는 루트거. 완전히 이곳 생활에 적응을 했는지 옷도 비슷한 걸 입고 있었다.

그는 곧바로 에스텔부터 찾았다.

"에스텔은 무사하니 걱정 마요. 천천히 얘기를 해 보죠."

얘기할 게 무척 많아 보였다.

자리를 옮긴 우리는 서로의 정보를 공유했다.

루트거는 에스텔이 무사하다는 사실에 안도의 한숨을 내쉬나 싶더니, 임신을 했다는 말에 불같이 화를 낸다.

"으그극……!"

인정해야 하는 걸 알면서도 인정하기 싫다는 기색.

"그, 그래도 아직 결혼은 인정 못 한다네!"

"그건 에스텔에게 가서 말해요. 그보다 당신 얘기를 해 줘요. 여기서 대체 무슨 일이 있었던 거죠?"

루트거가 실종됐던 기간은 대략 6개월.

그는 계속 이곳에서 생활을 한 것 같았다.

"나도 당황스러웠지. 갑자기 납치를 당했거든."

"납치……?"

"처음엔 죽이려고 하는 줄 알고 눈앞이 깜깜했지만 그런 건 아니더군. 내게 자기들의 언어를 가르치려고 했어. 나도 살기 위해서 필사적으로 언어를 배웠고."

"그래서요? 이 골디안이라는 사람들의 목적은 뭔가요?"

"생명의 태동."

"……?"

"듣자니 여기 사람들은 죽지도 못하는 몸으로 수백 년을 살아온 모양이야."

"그거야 그랬겠죠."

이곳 동대륙까지 던전 토벌을 하러 오는 사람이 없기 때문이다.

사람들에게 이곳은 죽은 땅으로 여겨진다.

"너무 오랜 시간을 살다 보니 여기 사람들도 여러 생각을 하게 된 모양이야. 처음엔 주변의 괴물들과 전투를 벌이며 지내다가 그것도 지친 거지. 그래서 스스로 문명을 만들기로 했어."

"허······!"

마나로 된 몬스터가 문명을 만들다니.

"굉장히 덧없네요."

어차피 마나가 되어 사라져 갈 존재들이니까.

그러나 루트거는 고개를 흔들었다.

"뭔가 방법이 있는 듯해."

"방법이요?"

"나도 자세히는 듣지 못했는데 신체를 얻을 수 있는 마법 같은 게 있나 봐."

"······!?"

그렇게 말하니 나도 짚이는 게 있었다.

"설마 혈마법을 말하는 겁니까?"

"음? 자네도 알고 있었나? 바로 그거지. 그것으로 한 명, 한 명 신체를 얻어 새로운 문명을 만들겠다 이거지. 나를 납치한 것도 그걸 위한 거고. 속되게 말해서 종마를 구한 거라고 할까. 하하하!"

이들은 그 문명의 기틀을 닦기 위해 주변 몬스터들을 토벌했다고 한다. 그래서 이 주변에 몬스터가 없었던 것이다.

"그 혈마법은 성공했습니까?"

"이미 성공을 했네. 신체를 얻은 이후 임신을 한 자가 둘이나 있어."

"……."

"그런 눈빛으로 보지 말게. 내 아이는 아니니까. 우연찮게 표류하여 이곳으로 흘러들어 온 남자가 하나 더 있거든."

뭐가 됐든 충격적이었다. 몬스터가 스스로 문명을 일으키다니.

그 핵심엔 혈마법이 있었다. 내 입장에선 모신이 이곳에 개입한 것이라 생각할 수밖에 없었다.

"그 혈마법을 행해 준 건 어디죠?"

"그건 나도 자세히 몰라. 쥬드에게 듣는 게 좋을 거야."

아까 미라벨과 대화를 나눈 골디안들의 수장이었다.

챙! 챙! 그때 밖에서 병장기가 부딪히는 소리가 들려왔다.

"어휴, 다들 호전적이라니까."

볼 것도 없었다.

일리야 스승이 쥬드에게 대련을 신청해 결투를 벌이고 있는 것이다.

스승은 여전사만 보면 언제나 이랬다.

화려한 창검술을 사용하는 스승과 곡도를 사용해 변칙적인 무예를 선보이는 쥬드.

둘의 대결은 치열한 공방 끝에 스승이 먼저 무기를 거두었다.

"애초에 손대중을 하고 있었군요. 내 패배입니다."

"훗."

좋은 대련이었다는 듯 쥬드는 스승을 칭찬한다.

그녀는 미라벨에게 차례를 넘기고 우리가 있는 집으로 들어왔다.

그러고는 땀범벅이 된 그대로 루트거를 꼭 껴안는다.

"쥬, 쥬드! 갑자기 이런 건 조금……!"

쥬드의 눈빛을 보니 루트거를 무척 귀여워하고 있는 것 같았다.

"이거야 원, 에스텔에게 새엄마가 생기겠네요."

"그런 말 하지 말고 말려 주게!"

"말이 안 통하는데요 뭘."

겨우 진정을 한 쥬드는 내 질문에 답해 주었다. 통역을 맡은 루트거도 처음 듣는 내용이 많은지 표정이 딱딱하게 굳어 있었다.

"그렇군요. 북부의 흑마법사 집단……. 그곳에 혈마법을 구사하는 해골이 있다 이겁니까?"

"그렇다고 하는군. 그 해골을 리치라고 하는데……. 그 혈마법을 완성시키기 위해 수천 년을 그곳에 있었다나 봐."

"혹시 모신이란 존재에 대해 짚이는 게 있냐고 물어봐 줘요."

그 단어에 쥬드는 고개를 흔들었다.

"없다는군. 만약 소생의 혈마법에 대해 자세히 알고 싶은 거라면 그 리치에게 가 보라는 듯해."

"흠."

맥락이 대충 보여 왔다.

소생의 혈마법을 개발한 건 이곳 동대륙 북부에 있는 리치인 모양이었다. 그걸 모신이 훔쳐 내 독자적으로 개발시킨 것일 가능성이 있었다.

'그런 곳에 멜로디아나와 리시테아가 있는 게 꺼림칙하긴 하지만……'

뭐가 됐든 그 리치라는 존재와 접촉을 해 봐야 할 것 같았다.

우리는 골디안의 부락에서 며칠을 지내며 근방의 지도를 제작하는 것에 힘썼다.

골디안들도 인간 남자들은 환영을 하는 듯, 살갑게 대해 줬다.

그 인간 남자라고 함은 나와 애쉬 그리고 귄터였는데, 나야 임자가 있으니 논외로 치고, 애쉬도 루크레치아의 날카로운 눈빛에 제압이 됐다.

유일하게 귄터만이 프리가 된 상황에서 귄터는 끈적한 대시를 받았다.

전사 종족인 골디안들에게 있어서 우락부락한 귄터는 딱 좋은 이상형이었던 듯했다.

돌아가는 길에는 진지하게 골디안의 부락에 남고 싶다며 얘기했다.

"평화가 찾아온 뒤에는 말리지 않을게요. 지금은 참아 줘요."

"크윽……! 어쩔 수 없지."

지도 제작이 끝난 뒤에는 다시 배를 타고 수인들의 섬으로 돌아왔다.

"아빠!"

우당탕 달려오는 류나. 쌍둥이들도 바쁘게 기어 온다.

루트거는 입을 둥그렇게 모은다.

"유미르 양과 자네의 아이인가?"

"예, 뒤에는 에오니아와의 아이입니다."

류나는 내 바짓가랑이를 붙잡고 절벽을 오르듯 올라와 내 가슴에 얼굴을 묻었다.

역시 나와 유미르의 아이라고 할까. 운동 능력이 장난 아니었다.

"에스텔도 아이를……. 어흠!"

"그렇게 걱정되면 보고 오시죠. 배편은 금방 준비해 드릴 수 있어요."

"아, 아니, 이쪽 일을 전부 처리하고 가는 게 좋겠지. 무사하다는 건 알았으니 급한 건 아니니까."

이제 남은 건 동대륙 북부.

10대 던전 호수의 지배자와 그 부근에 있다는 리치에 관한 것이었다.

하루를 섬에서 묵은 우리는 요새가 건설되고 있는 구역으로 향했다.

그곳에선 천여 명에 달하는 해병들이 물자를 운송하며 요새를 짓고 있었다.

다만 배로 운송할 수 있는 양이 아무래도 한정돼 있는지라 대부분의 물자는 밖에서 구해 오고 있었다.

일이 벌어진 이유는 이 때문인 듯했다.

"적습! 괴물들이 습격해 온다!"

건설 중인 요새를 파괴하기 위해 우르르 몰려오는 괴물들.

대화가 가능한 듯이 보이진 않았기에 어쩔 수 없이 전투를 치러야 했다.

끝없이 몰려드는 괴물들의 파도.

애쉬는 절규한다.

"뭘 잘못 건드렸기에 이런 난리가 난 거야!?"

"잔말 말고 구원이동이나 빨리 사용해! 후열은 혹여나 후퇴할 상황을 대비해 배를 준비시켜 놓으십시오!"

내 가신들은 일사불란하게 위치를 잡았다.

하나하나가 일당백의 무인들이었기에 달려든 몬스터들은 무참하게 썰려 나갔다.

# 2장

알스가 동대륙을 탐험하고 있는 그때.

중앙 대륙에선 정세가 격변하고 있었다.

계기는 크로싱과 알바드의 군대가 격돌한 것이었다.

알바드의 카이엔, 크로싱의 쥬라스가 사망했다는 소식에 각국이 술렁였다.

리안드 침공을 준비 중이던 뷜랑은 더더욱 그랬다.

"쥬라스 파밀리온 그놈이 전사했다고!? 그 말을 믿을 것 같냐!"

뷜랑의 3왕자 엘드릭은 노성을 내질렀다.

훤칠했던 그의 외모는 현재 급격하게 노화가 진행되어 폐인에 가까운 상태였다.

최측근이라 여기던 카시우스 로이드의 배신으로 인한 충격이 그만큼 컸기 때문이다.

그 배후에 있던 쥬라스에 대해선 극에 달한 분노와 두려움을 느끼고 있었다.

"분명 뭔가 작전을 실행한 것이다!"

"작전이라고 하시면……."

"그 거짓 정보와 함께 도합 10만의 병력이 자취를 감추지 않았더냐! 그 병력이 어딘가에 매복해 있는 게 분명하다!"

이렇게 되니 리안드 침공을 준비하던 빌랑은 주춤할 수밖에 없었다.

리안드에 공격해 들어갔다가 괜히 크로싱&알바드의 매복군에 덜미를 잡혀 버리면 일망타진을 당할 수도 있었기 때문이다.

"크윽! 쥬라스 네 이놈……!"

차라리 상대의 병력이 보이는 상황이었다면 대처가 쉬울 수도 있었지만, 아예 보이질 않으니 역으로 대처가 어려웠다.

"형님들께 리안드 침공은 뒤로 미뤄야 할 것 같다고 전해라."

"그것이……. 왕자님들은 오히려 지금 이걸 호기로 여기고 계신지라……."

"뭐라고? 쥬라스와 카이엔이 정말로 양패구상을 했다고

생각하고 있다는 거냐! 어찌 이리도 멍청한……!"

"설령 그들의 군대가 나타난다고 해도 대응을 할 수 있다고 여기는 듯합니다."

"그럴 리가! 형님들은 그런 기량을 가지고 있지 못하다! 나조차 불가능한 것을 어떻게 해내겠다고……!"

엘드릭은 유인당하고 있는 기분을 감추기가 힘들었다.

그렇다고 뭔가 대책을 내놓기도 애매했다.

그런 그에게 한 남자가 찾아온다.

엘드릭은 그 얼굴을 보고 오만상을 찌푸렸다.

"너는……?"

한 팔이 없는 남자. 아직 어린 나이임에도 산전수전을 다 겪은 듯한 얼굴.

"네놈 설마…… 케스퍼 밀리아스냐?"

"용케도 알아보셨군요."

웨이드를 사칭하여 몰락한 밀리아스 후작가의 장남.

그가 하나의 서찰을 가지고 엘드릭을 찾아온 것이다.

"이건 스벤너의 인장이구나. 네놈…… 스벤너에 붙은 것이냐."

"정확히는 서방입니다. 테토라 아니스트리 님의 휘하에 있습니다."

"그 빌어먹을 년의!?"

민간인 학살을 벌이며 악명을 쌓은 여장군.

그러다 웨이드에 의해 참교육을 당한 걸로 유명했다.

"흥, 왜 네놈이 그년에게 붙었는지 알 것 같군. 웨이드에 대한 복수심이냐?"

"……부정하지 않겠습니다."

"관둬라. 네 실력은 놈에게 닿지 않는다. 괜히 명을 재촉할 뿐이지. 가까스로 부지한 목숨을 이렇게 날려 버릴 생각이냐?"

"엘드릭 왕자님, 전 예전의 케스퍼가 아닙니다."

"뭐라?"

"지난 4년간, 전 밑바닥에서부터 실력을 키웠습니다. 지금은 서방에서도 명성을 높이고 있지요."

"그 웨이드는 네가 실력을 키우기 전부터 대륙에 명성을 떨쳤다만?"

"……이젠 제가 잡을 수 있습니다. 그러기 위한 준비도 되어 있어요."

"준비?"

"들어오라 해라!"

그 호령에 새로운 남자가 얼굴을 드러냈다.

초췌한 안색의 중년 남자.

길버트 살레온이었다.

그를 본 엘드릭은 입꼬리를 씨익 올렸다.

"호오……."

"이자의 존재는 변수가 될 겁니다. 무슨 뜻인지는 알고 계시겠죠?"

"큰 변수가 되겠지. 리안드 내부는 여전히 귀족들의 불만이 강한 상황이니까."

알스가 순차적으로 귀족 신분을 없앨 것이라 천명했기 때문이다.

살레온 계파 숙청 과정에서 수백에 달하는 귀족들의 작위를 해제시킨 것에 대해서도 여러 말이 나오고 있었다.

알스의 편인 헬리안 계파 쪽도 마찬가지였다.

"그렇다 해도 상대는 그 쥬라스 파밀리온과 카이엔이다. 할 수 있겠나?"

"굳이 우리가 상대할 필요는 없지요. 그 둘에 대해선 당신의 형님인 1왕자와 2왕자에게 상대를 하라 하고, 우리는 리안드를 공략하면 됩니다. 리안드가 괴멸 직전 상태에 간다면, 쥬라스와 카이엔도 물러날 수밖에 없을 겁니다."

"흐음."

눈을 감고 장고에 빠진 엘드릭.

그는 곧 날카로운 시선으로 묻는다.

"……서방에서는 얼마나 지원을 해 주기로 한 거지?"

"4만. 게다가 스벤너에서도 2만의 병력을 지원해 주기로 했습니다. 엘드릭 왕자님 휘하의 병력을 더하면 12만의 병력이 갖춰지는 것이지요."

"충분하겠군. 좋다, 바로 군대를 이곳으로 불러라!"

"현명한 판단이십니다."

케스퍼는 길버트를 끌고 엘드릭의 집무실을 나왔다.

길버트는 이때다 하며 애원한다.

"케스퍼! 그만두거라! 이건 아무런 의미도 없어!"

"닥쳐!"

퍽! 옆구리를 후려차인 길버트가 신음하며 뒹군다.

"길버트, 지금의 나를 예전과 같다고 생각하면 큰 오산이야. 네놈에게 농락당하던 그때와는 다르다고!"

퍽! 퍽! 길버트는 몸을 둥글게 말고 구타를 견뎌 낸다.

"에리나는 여전하다고 했겠다……? 흐, 흐하하핫! 알스 일라인, 그놈과 네 앞에서 네 딸을 욕보여 주지. 기대하는 게 좋을 거야."

음흉하게 웃으며 복수의 순간을 꿈꾸는 케스퍼.

그의 곁엔 페드로라는 이름의 남자가 수행원으로 붙어 있었다.

"케스퍼, 침착해. 지금은 감정적으로 행동할 때가 아니야."

페드로는 케스퍼가 캘리퍼의 추격대에 쫓길 때 구해 준 남자였다.

이후에도 케스퍼를 보좌하며 그를 이 자리까지 오게 만들어 준 은인이었다.

"그랬지, 후우! 페드로, 이놈은 알아서 처박아 둬. 죽지 않게만 하면 돼."

"알겠다."

길버트를 부축해 떠나가는 페드로. 케스퍼는 신뢰에 찬 눈으로 그 등을 바라보았다.

"휴우!"

절로 안도의 한숨이 나왔다.

수백에 달하는 몬스터들의 러시.

하나하나의 수준이 높지 않았기에 큰 피해 없이 처리하긴 했지만 간담이 서늘했다.

동대륙이 그렇게까지 위험하지는 않구나 하고 생각했던 게 얼마나 바보 같았는지를 알 수 있었다.

"슬슬 해가 질 것 같은데……."

먹구름이 낀 걸 보면 비가 올 것 같은 느낌이 들었다.

"바로 이동하기는 글렀네."

나는 요새에 주둔하며 하루를 묵기로 했다.

그리고 쏴아아아! 예상대로 비가 내리기 시작했다.

투두두둑! 천막을 때리는 소리가 적나라할 정도로 강한 빗줄기. 그러던 1시간 만의 일이었다.

"알스!"

소피아가 사색이 된 표정으로 내 천막을 들췄다. 나도 발목까지 찬 물을 보며 이게 심상찮은 현상임을 깨닫고 있는 중이었다.

"계속해서 수위가 올라가고 있어요!"

"말도 안 돼, 여긴 해안가라고요. 비로 인해 침수될 리가 없는데…….."

태풍이 불어 파도가 치는 게 아니라면 바다로 인해 침수될 수는 없는 곳이었다.

그게 그저 강한 비로 인해 침수가 되고 있다는 건 대륙 쪽에서 물이 넘어오고 있다는 뜻이었다.

"뭐가 됐든 이대로 있다간 전부 물에 빠져 죽겠어요!"

"병사들을 최대한 높은 곳으로 이동시켜요. 나머지는 배에 탑승하라고 하세요."

소피아는 고개를 끄덕이고 후다닥 뛰어갔다.

나는 가신들과 함께 배에 타 상황을 지켜봤다.

그때 레이틴이 중얼거린다.

"이게 바로 호수의 지배자…….. 왕국을 멸망시킨 범람…….!"

"말도 안 돼요. 고작 호수가 범람해서 해안가까지 침수를 시킨다고요!?"

"전설로 전해지기로는 대륙의 절반을 침수시켰다고 했어

요. 동대륙 북부 전체가 수몰된 거죠."

"그거야 그냥 전설……."

……이라고 하기엔 눈에 보이는 현실이 있었다.

어느새 천막들이 전부 물에 잠겼고, 요새 높은 곳으로 대피한 병사들까지 위협하고 있었다.

"히이익!"

"살려 줘!"

배라고 안전한 것도 아니었다.

"빨리 물을 퍼내! 이러다가 침수되겠어!"

애쉬의 진두지휘하에 배의 물을 퍼내고, 무게를 줄이고 있었다.

그래도 다행인 점은 아무리 수위가 높아져도 해수면보다 높아질 수는 없다는 점이었다.

그렇게 생각하니 섬뜩했다.

만약 오늘 저녁에 섣불리 내부로 들어갔다면 꼼짝없이 수몰됐을 거라는 뜻이니까.

일단 물에 휩쓸리면 바다로 떠밀려 나간다. 그러면 아무리 생존력이 좋은 사람이라고 해도 살아남기가 쉽지 않다.

"휴우!"

다행히 요새 상부로 대피한 병사들은 안전했다.

"문제는 언제 비가 그치냐는 건데……."

이게 정말 괴물이 벌인 일이라면 당분간은 그치지 않을 것이다.

나는 소피아에게 물었다.

"소피아, 이대로 호수의 지배자가 있는 영역까지 항해할 수 있습니까?"

"당신 미쳤어요? 거기 뭐가 있을 줄 알고 거기까지 항해를 해요!?"

"오히려 지금이야말로 가까이 갈 수 있는 적기라고 생각해요. 그게 아니라면 계속 구원이동을 사용하면서 천천히 전진해야만 하잖아요? 괴물들이 워낙 많으니까."

"그거야 그렇지만……."

"그러니 배를 이용해 그 근처 영역까지 한 번에 가는 거예요. 이후에는 어떻게든 방법이 있을 거라 생각해요."

"방법? 무슨 방법이요?"

"상식적으로 이런 범람이 있으면 어떤 생명체들도 살아남기 힘들어요. 그런데도 몬스터들이 득실거린다는 건 뭔가 살아남을 수 있는 방법이 있다는 거 아니겠어요?"

"과연……. 그렇게 생각하면 우리 요새를 공격한 괴물들의 무리도 그저 범람을 대피하기 위해서 움직이던 것이었을지도 모르겠네요."

"그런 것처럼 대륙 내부에도 뭔가가 있지 않을까 싶어요."

소피아는 위험성과 소득을 저울질하더니 고개를 끄덕였다.

"비가 언제까지 올지도 모르는 상황이니…… 좋아요. 배를 타고 안으로 들어가 보죠. 그 전에 물자를 충분히 빼 와야겠네요. 애쉬, 귄터! 아래로 수영해서 식량을 들고 올라와요. 물에 젖어도 상관없는 걸로 준비해 왔으니까 쓸 수 있을 거예요."

"지금 수영을 하라고요!? 죽으라는 겁니까!?"

"몸에 밧줄을 묶어서 여차할 땐 끌어 올려 줄 테니까 빨리 갔다 와요."

"이 피도 눈물도 없는 잔인한 여자……! 귄터 선배! 같이 욕 좀 해 줘요!"

그러나 귄터는 이미 상의와 하의를 탈의하고 물에 들어갈 준비를 하고 있었다. 가스파르가 그 허리에 줄을 매 주었다.

"미안하다, 귄터. 나는 물에 들어가면 털이 젖어서 헤엄을 잘 치지 못하거든."

"괜찮습니다. 제가 가스파르 씨 몫까지 하겠습니다."

이외에 안톤과 일리야 스승도 물에 들어갈 준비를 한다.

"크윽! 왜 이렇게 다들 터프한 건데!?"

애쉬는 툴툴거리며 상의를 탈의. 루크레치아의 도움을 받아 물에 들어갔다.

이후엔 우리 배에 타고 있던 병사들을 다른 배로 이동시키는 작업에 들어갔다.

그 작업이 끝나고, 수몰돼 있던 식량과 배 수리를 위한 물건까지 건져 낸 후엔 본격적으로 대륙 안으로 항해를 시작했다.

　배를 타고 대륙 중앙으로 향한 우리는 험난한 항해를 해야 했다.

　아무리 범람을 했다고 해도 땅 위를 항해하는 것이었기에 암초가 굉장히 많았던 것이다.

　쿵! 계속해서 배 바닥에 충격이 전해졌다.

　"바닥이 뚫렸어! 루크레치아!"

　"알겠어요!"

　루크레치아가 뚫린 바닥을 얼린 뒤, 그 위에 목재를 덧대 급하게 수리를 했다.

　그렇게 배 바닥을 보고 있던 루트거와 애쉬가 후다닥 선상으로 올라온다.

　"알스, 이대로라면 오래 못 버텨! 언제쯤……."

　"뭣……!"

　그러나 둘도 우리가 멍하니 보고 있는 광경에 눈을 부릅떴다.

　"이게 대체……?"

　마치 결계를 친 듯, 물을 밀어 내고 있는 거대한 구역.

나는 본능적으로 알았다.

"이게 호수였구나……."

호수라기에 작은 호수인 줄 알았는데, 그렇지 않았다. 중국에 있다는 동정호보다도 더 거대했다.

그곳의 물이 전부 외부로 흘러나가면 당연히 땅이 잠길 수밖에.

'하지만 이 정도의 결계라니……?'

드래곤 수준이 아니면 불가능해 보이는 결계였다.

'뭣보다 이렇게 범람을 해 버리면 땅 위의 몬스터들도 무사하진 못할 텐데.'

그런데도 이 북부는 몬스터들로 득실거렸다.

소피아가 미간을 찌푸린 채 가설을 말한다.

"아마……. 몬스터들은 저 호수 바닥으로 피신한 것 아닐까요?"

"범람을 할 걸 미리 알고요?"

"그렇죠. 가설에 불과하지만 무언가 의도적인 부분이 있는 것 같아요."

"이 호수의 범람이 자기편을 보호하고 상대편은 모조리 쓸어버린다는 거군요."

"아까 우리 요새를 공격한 몬스터들이 그 척결 대상인지도 몰라요. 그래서 그놈들도 어떻게든 범람에서 살아남기 위해 해안가로 온 거고요."

"흠."

뭐가 됐든 핵심은 물이 없어진 호수였다.

나는 엘프 베아트에게 물었다.

"만약 저 결계를 부수고 안에 진입한다면 어떻게 될 것 같아요?"

그러자 베아트는 어깨를 으쓱인다.

"우리의 화력이면 부술 수는 있겠죠. 그렇지만 그렇게 호수 바닥에 진입한 시점에 범람했던 물이 다시 돌아오면요? 우린 모조리 수장당할 거예요."

"그게 문제네요."

이 범람이 초월적인 존재에 의한 인위적인 사태라면 범람했던 물은 다시 호수로 돌아올 것이다.

그때 호수 바닥에 있다면 우리는 꼼짝없이 죽는다.

이에 안톤이 진언을 한다.

"그렇담 우리도 괴물들이 호수로 대피한 경로를 찾아야 할 겁니다. 그래야만 화를 면할 수 있을 겁니다."

"그렇겠죠. ……엘리엇! 다시금 추적 마법을 사용해 주세요."

멜로디아나와 리시테아가 만약 살아 있다면 호수 안에 있을 거라고 생각했다.

그렇게 엘리엇이 추적 마법을 사용하자 아니나 다를까 호수 내부로 추적 마력이 튀었다.

"이건 결정적이네……."

"이제 어쩔 거죠, 알스? 지금 와서 몬스터들이 대피한 경로를 찾는 건 개미가 지나간 길을 찾는 것보다 어려울 거예요. 일단은 이곳이 정상화될 때까지 기다린 후에 조사를 하는 게 상책이라 생각해요."

"다른 방법이 있어요."

"다른 방법이요……?"

"이곳 부근에 있다는 흑마법 리치 말입니다. 골디안의 수장 쥬드에게 듣기로 그 리치가 있는 곳은 까마득한 절벽 위에 서 있는 성이라고 했어요."

"앗……!"

"아마도 범람을 대비하기 위해 그렇게 지은 거겠죠. 그렇담 그 리치는 여전히 그곳에 있을 겁니다. 어차피 그와 접촉을 해야 했으니 지금 가 보도록 하죠."

"좋은 생각이네요."

소피아는 곧장 지도를 펼치며 쥬드가 가르쳐 준 곳으로 기수를 틀었다.

그렇게 3시간을 항해했을까.

곧 거무칙칙한 느낌의 성이 보여 오기 시작했다.

우리는 절벽 아래에 배를 정박시키고 혹시나 전투가 벌어질 수 있는 만큼 구원이동을 사용한 뒤 길을 따라 절벽을 올라갔다.

본래 있던 돌산을 인위적으로 깎아 낸 것인지 은근히 길이 잘 나 있었다.

그렇게 정상에 있는 성으로 향하는 도중이었다.

끼릭! 하는 소리와 함께 병장기를 든 해골들이 나타났다.

"와우."

아티클과의 전쟁에서 언데드 병사와 싸워 보긴 했지만 그건 살이 붙어 있는 일종의 좀비였다. 그러나 지금 이건 순도 100% 해골들.

그게 움직이고 있는 걸 보니 새삼 신기하다는 느낌이 들었다.

그 해골들은 입을 뻐끔거렸다. 발성기관이 존재하지 않으니 당연히 말을 못 할 줄 알았으나 마법을 통한 목소리가 들려왔다.

"돌아가라 인간. 이곳은 너희들이 찾아올 곳이 아니다."

침착하지만 분노가 깃든 목소리.

나는 대표하듯 앞으로 나서서 말했다.

"우린 쥬드의 소개로 왔습니다. 호수의 범람과 혈마법을 통한 소생에 대해 여쭤보고 싶은 게 있습니다."

"……"

잠시 침묵하더니.

"골디안의 일족들을 모두 죽인 거로구나."

"예?"

쥬드의 소개라고 하니 오히려 내가 골디안들을 전부 죽이고 온 거라고 생각한 모양이다. 인간에 대한 근본적인 불신이 있는 듯했다.

"아뇨! 그런 게 아닙니다! 정말로 쥬드에게……!"

"나는 더 이상 속지 않는다! 이 모신의 권속 놈들!"

"그러니까 모신의 권속 따위가……!"

이후로는 문답무용으로 공격을 가해 왔다.

해골들의 수준은 별거 없었지만 일단 병장기를 휘두르는 만큼 처리를 해야 했다.

"흐읏!"

팡! 안톤이 월도를 한번 휘두르자 해골들이 박살 나며 절벽 아래로 떨어졌다.

일리야 스승이 절벽 위를 바라보고는 내게 말한다.

"알스, 기운이 바뀌었다. 우리를 공격할 셈이야."

"쳇!"

"어떡할 거냐."

방법은 둘. 다시 남부로 내려가서 쥬드를 데려오는 것, 혹은 강행 돌파를 하는 것.

'가능하면 적진에서 싸우고 싶진 않은데.'

일단 물러날까 했으나 그때 미라벨이 내 어깨를 잡았다.

"더 가 보자."

"예?"

"뭔가 알 듯 말 듯, 아리송해."

미라벨은 오만상을 찌푸리며 뭔가를 골똘히 떠올리려 하고 있었다.

"……좋습니다. 그럼 가 보도록 하죠. 모두! 빠르게 절벽 위로 올라가겠습니다! 이곳은 지형이 좋지 않아요!"

우리는 해골들의 습격을 물리쳐 내며 거무칙칙한 성이 서 있는 정상에 올라섰다.

그리고 그곳엔 죽음의 기사들이 진을 치고 기다리고 있었다.

도합 여덟이나 되는 망자들.

그 기운이 심상치 않았다.

"아, 알스, 저놈들 상당한 강자들이야."

"나한테도 그렇게 느껴져."

놈들은 더 넘어오면 공격하겠다는 듯, 만반의 태세를 갖추고 있었다.

그 뒤로 수백에 달하는 해골들이 더 있었으나, 우리도 마법의 화력이 있으니 전력 자체는 비슷했다.

"으음……."

미라벨은 아까부터 계속 고개를 갸웃하고 있었다. 죽음의 기사들의 얼굴을 면밀히 관찰하며 계속 물음표를 띄우고 있다.

그러나 생각이 잘 나질 않는지 이렇다 할 돌파구를 제공해 주지는 않았다.

"알스 님! 명령만 주신다면 큰 거 한 방을 먹이겠습니다!"

레이틴이 의욕에 가득 차 말한다.

확실히, 그녀가 만든 불덩이라면 해골들을 싹쓸이할 수도 있을 테다.

베아트도 해골들의 몰골에 혐오감을 느꼈는지 명령만 내려 주면 곧장 쓸어버리겠다는 태세였다.

"기다려요. 대화를 한번 해 볼 테니까."

"그런 거라면 주군, 제게 맡겨 주시지 않겠습니까?"

"안톤 당신이요?"

"지금 적은 살기등등한 상황입니다. 이런 상황에서 대화를 하려면 기세를 눌러 놓을 필요가 있지요."

"……그런 의미군요. 좋습니다, 맡겨 둘게요."

안톤은 홀로 앞으로 나아갔다.

그러고는 월도 끝으로 상대 죽음의 기사 중 필두를 가리킨다.

"스스로의 의지가 있다면, 전사로서의 긍지가 있다면 나와라! 이 안톤 퀸테르가 상대해 주마!"

그 외침에도 상대는 냉정했다.

그러나 아무런 의미가 없었던 건 아닌지 선두에 서 있던 죽음의 기사는 눈을 감고는 누군가와 얘기를 하기 시작했다.

곧 눈을 뜨더니 탓! 무려 20m를 점프하여 안톤의 앞으로 다가왔다.

그러고는 허리에 있는 중검을 뽑아 들었다.

그제야 그 외모를 제대로 확인할 수 있었다.

강인한 인상의 중년 남성.

그는 스스로의 의지를 가지고 있는지 기사의 예를 표하고는 자세를 잡았다.

"으음……?"

이에 미라벨은 더더욱 기시감이 강해졌는지 발을 동동 구른다.

"하아아아앗!"

캉! 치열하게 맞붙는 안톤과 상대.

놀랍게도 상대의 무위는 안톤과 거의 동급이었다.

"놀라운걸. 안톤을 상대로도 전혀 밀리지 않다니."

"움직임이 날카로워요. 저건 수많은 전쟁터를 전전한 자들만이 가질 수 있는 움직임입니다."

가스파르와 일리야 스승의 냉철한 분석.

전쟁 경험이 많은 자라면 대체 언제적 인물인지조차 가늠이 되질 않았다.

그래도 승기 자체는 안톤이 휘어잡고 있었다.

안톤은 상대의 검을 아슬아슬하게 피해 내며 타이밍을 잡고는 오러를 잔뜩 실어 강타를 먹인다.

"훗!"

"크윽!"

서걱! 가슴께를 깊숙하게 베어 내는 안톤의 월도.

안톤은 거리를 벌린 뒤 말한다.

"본래라면 이걸로 승부가 갈렸겠지만……. 귀하는 이미 죽은 자. 그 정도는 아무런 피해도 없겠지."

"……."

"내 주군께선 대화를 하고 싶어 하신다. 여기까지만 하고 얘기를 나눠 보지 않겠나?"

그러나 스릉! 상대는 재차 무기를 들었다. 안톤은 고개를 끄덕였다.

"불발인가……. 그렇다면 그 목을 쳐 내 본보기를 보이도록 하겠다!"

태세를 정비하고 오러를 더더욱 끌어올리는 안톤.

상대 죽음의 기사들은 이 기세에 동요하고 있었다. 대장을 구하려고 하는지 무기를 빼 들고 앞으로 나선다.

그러자 에오니아, 일리야, 가스파르, 애쉬, 귄터, 루크레치아, 엘레나가 앞으로 나서서 그들과 대치했다.

일촉즉발의 상황.

그때 짝! 미라벨이 박수를 치며 깨달았다는 듯 안톤과 대치 중이던 죽음의 기사를 가리키며 소리쳤다.

"모드리바!"

통통거리는 발걸음으로 달려가는 미라벨.

모드리바라 불린 상대는 검을 겨누는 듯했으나 미라벨의 얼굴을 가까이서 확인하곤 급격하게 전의를 상실했다.

급기야는 검을 떨어뜨린다.

"모드리바, 반가워!"

미라벨이 손을 잡고 흔들자 상대는 무너지듯 무릎을 꿇었다.

그러고는 처음으로 입을 열었다.

"미라벨 님……!"

다른 죽음의 기사들도 감격하여 하나둘 무릎을 꿇고.

어리둥절했던 나는 그녀에게 다가가 물었다.

"뭐예요, 이게?"

그러자 미라벨은 천진난만한 웃음을 지으며 말했다.

"내 옛날 부하!"

"옛날 부하요……?"

너무 갑작스러웠던지라 어떤 반응을 해야 할지 갈피가 잡히지 않았다.

이건 상대도 마찬가지인 듯했다.

모드리바라는 죽음의 기사는 정중하게 예의를 차리더니 우리를 성안으로 안내하기 시작했다.

그러나 그것도 무색하게, 절그럭! 절그럭! 하며 성안에서

옷을 차려입은 해골이 달려 나왔다.

'저게 리치……!'

복장으로 보아 여성인 듯했다.

다른 죽음의 기사와 달리 피부가 없었기에 미라벨은 눈매를 좁히며 관찰을 했다.

그러다 그 복장에서 정체를 파악했는지 함박웃음을 짓는다.

"역시, 니니아구나!"

"미라벨!"

해골과 꼭 껴안은 채 기쁨을 나누는 미라벨.

그 기상천외한 광경에 우리는 얼이 빠질 수밖에 없었다.

성 내부에는 불빛이라곤 존재하지 않았다.

애초에 망자들인지라 불빛 자체가 필요하지 않은 듯했다.

미라벨은 눈살을 찌푸리며 말한다.

"니니아, 어두워."

"앗!?"

그러자 리치와 죽음의 기사들이 허둥지둥 촛불을 찾기 시작했다.

소피아는 어이가 없다며 헛웃음을 짓는다.

"이들은 대체 뭘 하는 건가요?"

"불빛이 없는 생활을 한 지 오래된 모양이네요. 레이틴, 조명 마법을 부탁해요."

내 지시에 레이틴이 조명 구체를 천장에 쏘아 올렸다.

그제야 리치 니니아도 '그런 방법이 있었지!' 하며 두개골을 끄덕인다.

뭔가 정감이 들기 시작했다.

상황이 침착해지고 나서야 우리는 사정을 공유할 수 있었다.

먼저 리치와 여덟 명의 죽음의 기사에 관한 것이다.

"우리는 미라벨 님의 하수인이었다."

이쪽은 현재 인간들의 언어를 완벽하게 익히고 있었다. 니니아는 텅 비어 있는 안광을 내게로 향한다.

"우린 미라벨 님을 보좌하여 수많은 전쟁을 치렀지. 그러던 중 북부에서의 항전에서 미라벨 님이 민간인들을 대피시키기 위해 전사하셨어."

그때의 일이 마경의 여제라 불리는 10대 던전으로 남았던 것이다.

"하지만 우리는 어리석게도 미라벨 님의 숭고한 죽음을 받아들이지 못했다. 그분의 유해를 들고 이곳 동대륙으로 왔지."

"설마……."

"그래, 미라벨 님을 소생시키기 위해서, 그 연구를 시작했다."

흑마법에 자질이 있던 니니아는 혈마법 연구를 시작하며 뜻을 함께한 여덟 명의 기사들을 죽음의 기사로 만들어 연구 재료를 모으고, 수천 년간 연구를 계속했다.

"그러던 중에 흑마법사 동료 아티클이란 녀석이 연구에 회의감을 느끼고 홀로 떠났어. 최근에야 안 거지만 남대륙에 본인만의 세력을 구축했다고 하더라고. 그 본인은 하극상을 당해서 축출당한 모양이지만."

"아티클······!"

한탄의 숲에 있던 흑마법사 집단. 그게 이렇게 이어지는 것이었을 줄이야.

"결국에 미라벨의 소생에는 실패한 거군요."

"그래, 그 이유를 알 수 없었지만······. 그랬구나. 미라벨 님의 영혼은 지금까지도 그곳에 잡혀 있었던 거였어."

이들의 목적은 비교적 순수했다.

궁극적인 목표는 미라벨의 소생이었지만, 그 외에도 이종족들에게 몸을 주어 이종족 문명을 재흥시키려 하고 있었다.

골디안 종족이 대표적이었다.

"그 외에도 인간과 조화하여 살고자 하는 종족들에게 새 생명을 주고 있어. 인간들이 받아들이려 할지는 모르겠지만 뭐, 어차피 동대륙은 인간들이 오려고 하지 않는 곳이잖

아. 굳이 인간들이 받아들이지 않아도 상관은 없다는 생각
이었지."

나는 마음에 걸리는 부분을 물어보기로 했다.

"혹시 최근에 인간을 소생시켜 준 적이 있습니까?"

"……!"

민감하게 반응하는 니니아.

"설마 캘버린을 말하는 거야?"

"맞습니다. 이종족의 대영웅 캘버린. 당신들이 소생시켜
준 겁니까?"

"그거라면 우리가 아니야. 아티클의 마법사들이 한 짓이
지."

"그렇다면 어떻게 당신이 그걸 알고 있는 거죠?"

"내가 개발한 혈마법이니까. 그걸 사용하면 나에게도 영
향이 오거든."

"……! 혹시 그 혈마법을 사용한 위치를 알려 줄 수 있습
니까?"

그렇담 바로 토벌대를 보내서 그곳을 파괴할 수 있다.

그러나 니니아는 고개를 흔든다.

"지도상의 위치는 몰라. 그 공간이 어떤 식으로 되어 있는
곳인지는 말해 줄 수 있지만."

"그것만으로도 충분합니다."

일단 그 부분에 대해선 따로 추적을 하기로 했다.

이후엔 호수에 대한 이야기를 했다.

니니아는 시원스럽게 말해 주었다.

"그곳은 올킨이 만든 최후의 보루야."

"……예?"

희망의 올킨. 지금껏 이 드래곤의 이름이 가장 많이 나오는 것 같았다.

"모신을 함정에 빠뜨리기 위해 만든 곳. 그 호수는 그렇게 생각하면 돼. 자세한 얘기는 그곳에 있는 올킨에게 듣도록 해."

"……!? 올킨이 그곳에 있는 겁니까?"

"그래, 호수로 진입할 수 있는 비밀 통로를 알려 줄 테니까 한번 가 봐."

새로이 얻은 단서. 우리는 곧장 출항을 준비했다.

미라벨은 슬픈 표정으로 그들과 작별을 했다.

니니아는 미라벨에게 새로운 육체를 주겠다며 소생을 권유했지만 그녀는 거부했다.

본인은 죽은 자라는 걸 인정하고 있었던 것이다.

리치 니니아가 낙담한 기색을 보이자 미라벨은 그들에게 새로운 명령을 하달했다.

"착한 종족들 계속 소생시켜! 맡길게, 니니아!"

"……훗, 당신은 여전하군요. 그 명령, 이 뼈가 가루가 되는 한이 있더라도 수행해 보이겠습니다."

죽음의 기사들도 한쪽 무릎을 꿇으며 미라벨의 명령을 받들었다.

애쉬는 혀를 내둘렀다.

"뭔가 대단하네. 수천 년을 지켜 온 충성심인가."

"그러게, 나도 저런 가신들이 있었으면 좋겠네."

그러자 에오니아와 안톤이 이때다 하며 끼어든다.

"저도 해골이 되어서라도 알스 님을 섬길 겁니다!"

"저도 마찬가지입니다. 수천 년을 이어 온 충성이라니, 귀감이 되기에 마땅하군요."

확실히, 이 둘은 그렇게 할 것 같은 느낌이 들었다.

"그래도 부활은 조금……. 내가 죽으면 그냥 슬퍼해 주기만 해도 돼."

"그런! 주군을 먼저 보내다니, 가신으로서의 수치! 그런 일은 있을 수 없습니다!"

에오니아도 끄덕끄덕, 격하게 동의를 한다.

이 둘의 의견이 맞을 때가 있다니, 별일이 다 있었다.

"알스, 끝났어."

작별 인사를 마친 미라벨이 우리 쪽으로 왔다. 그녀도 가신들이 여기서 이러고 있었는지는 몰랐는지 감정이 북받친 모양이었다.

곧 엘레나를 부둥켜안고 눈물을 흘렸다.

"서, 선조님, 진정하십시오."

달래는 역할은 엘레나에게 맡겨 두고, 우리는 배를 출항시켜 니니아가 알려 준 비밀 통로 쪽으로 향했다.

그 비밀 통로는 호수 북동부 산지에 있었다.

산지의 절반이 물에 잠겨 있는 이곳 정상에 호수로 내려가는 비밀 통로가 있었던 것이다.

얼마나 잘 숨겼는지, 가스파르가 1시간이나 수색한 끝에야 겨우 발견을 할 수 있었다.

"이곳인 것 같다. 바로 내려갈 거냐?"

"예, 가보도록 하죠."

지하 통로는 끝없이 이어졌다.

그럴수록 내게는 기시감이 느껴졌다.

'이건 설마……?'

다른 사람들도 마찬가지였던 모양이다.

유미르 탈환 작전을 함께 진행했던 사람들 말이다.

"야, 알스."

애쉬가 당황한 듯 말한다.

"이 통로……. 연맹에 있던 지하 시장이랑 비슷한 형태 아니야?"

"너도 그렇게 느껴져?"

"완전 비슷해."

이에 소피아가 고개를 끄덕였다.

"그 지하 시설의 경우에도 본래 지어져 있던 고대의 시설인 걸로 알고 있어요. 그걸 연맹이 발견해서 개척을 한 거죠."

엘리엇이 말을 받았다.

"처음엔 시설이 꽤 열악했다고 해. 무너지지 않게끔 보수 공사를 수도 없이 해야 했지. 수천 년 전에 지어진 거라면 그럴 만도 하겠군."

점점 확신이 짙어졌다.

아니나 다를까.

통로의 끝에서 펼쳐진 광경은 그때 그 지하 시장과 다를 바가 없었다.

호수의 바닥.

정확히 말하면 호수의 바닥을 천장으로 삼은 엄청난 크기의 지하 시설이었다.

그곳에서 수많은 괴물들이 노름판을 벌이고 있었다.

그들이 내기로 걸고 있는 것은 마강석이었다.

그때 난 동대륙에 와서 처음 조우한 고블린과 오우거 무리들을 기억해 냈다.

'그래서 그 괴물들이 마강석을 보관하고 있었던 거구나!'

바로 이 노름판에 쓰기 위해서 말이다.

마강석을 모으는 목적도 명확했다.

니니아는 소생의 혈마법을 사용하기 위해선 인간의 산 제물이나 마강석이 필요하다고 했다.

아티클의 무리는 그 산 제물로 인간을 사용했지만, 이곳 동대륙은 산 제물로 삼을 인간이 없다. 그러니 마강석으로만 소생을 할 수 있는 상황이다.

'마강석을 모아 몸을 얻으려는 거구나…….'

이곳 괴물들도 목적과 의지를 가지고 생활하고 있다는 뜻이었다.

그때였다.

경고성을 내며 달려오는 경비들.

그들은 마치 '침입자다! 인간이 침입해 왔다!'라고 말한 듯했다.

그러자 여기저기서 비상이 나며 다들 무기를 들기 시작했다.

그 숫자만 수만에 달했으니 정면으로 싸운다면 절대로 이길 수 없었다.

이때 미라벨이 나서 주었다.

그녀는 경비의 말을 알고 있는지 니니아가 써 준 소개장을 들이밀며 설득을 했다.

경비들은 그 소개장을 지그시 살펴보더니 비상을 해제했다.

"휴우! 여기서 죽는 줄 알았네. 다들, 괜찮으니까 경계를 풀어요."

어느새 내 가신들은 나를 대피시키기 위한 대형을 짜고 있었다. 그 살기등등한 모습에 오히려 경비들이 위축돼 있었다.

곧 경비대장으로 보이는 리자드맨이 걸어왔다.

내 곁에 있던 가스파르가 속삭인다.

"뭐야 저거, 무지막지하게 강해 보이잖아."

"그러게요……."

소피아는 무언가 짚이는 게 있는지 부스럭거리며 책을 찾아본다.

그러곤 소리쳤다.

"호수의 지배자! 역사서에도 있어요! 리자드맨의 우두머리가 호수를 퍼내려 하는 왕국의 전사들을 모조리 죽였다고!"

다시 말해 10대 던전의 주인이라는 뜻이다.

혹시 몰라 경계심을 높였으나 그럴 필요는 없었다.

미라벨이 손뼉을 치며 반가움을 표한 것이다.

"그리샴!"

"미라벨……?"

미라벨을 보며 표정을 구기는 리자드맨.

녀석은 곧 고개를 절레절레 흔들며 따라오라며 안내를 한다.

그러던 중이었다.

"리시테아! 여기 있어!? 리시테아―!"

리시테아의 이름을 목 놓아 부르짖는 애쉬.

목청이 높은 귄터도 합세했다.

"리시테아 씨! 멜로디아나 공주님! 있으십니까!?"

귄터가 소리를 지르자 지하 시설이 진동하는 것 같았다.

괴물들도 몸을 움츠릴 정도였다.

그러길 잠시.

"애쉬!?"

방으로 보이는 공간에서 리시테아가 얼굴을 비췄다. 그 뒤에는 멜로디아나가 함께였다.

"정말로 애쉬야!?"

펄쩍 뛰어 달려오는 리시테아. 꽤 고생을 했는지 외모가 조금 흐트러져 있긴 했으나 알아보기엔 충분했다.

"애쉬!"

감격하여 애쉬에게 안겨 들려 하는 리시테아.

그런 그녀를 루크레치아가 막아섰다.

"잠시 기다려 주십시오. 혹시 다른 인물일지도 모르니 확인을 해야 할 것 같습니다."

"……당신은 뭡니까?"

리시테아는 중앙 대륙의 언어로 말했지만 루크도 지난번의 여정으로 중앙 대륙의 언어를 배운지라 알아들은 모양이었다.

"어흠! 애쉬의 동료입니다. 일단 물러나 주십시오."

"아항, 그런 거구나. 흐음……. 애쉬가 이렇게 요령이 좋을 줄은 몰랐네."

파지직! 불꽃이 튀는 눈빛. 애쉬는 안절부절못하고 있었다.

급기야는 내게 도움을 청한다.

"알스, 도와줘!"

"뭘 도와줘."

"넌 이런 경험 많잖아!"

"명복은 빌어 줄게."

"얌마!"

나는 애쉬를 내버려 둔 채 멜로디아나를 맞이했다.

"어휴, 잘 지냈습니까? 보아하니 잘 지낸 것 같네요."

그러자 멜로디아나는 '음!' 하는 특유의 여장부 같은 목소리로 말한다.

"아주 재밌는 경험이었다. 이상한 세계에 빠진다는 게 이런 기분인가 싶더군."

"쥬라스가 걱정하고 있어요. 이제 슬슬 돌아가죠."

"대부님께서 나를? 그건 진귀하군. 어서 돌아가서 안심시켜 드려야겠어."

드디어 다 모인 실종자들.

나는 마음속의 체증이 풀리는 것 같은 감각을 느꼈다.

'정말 길었어.'

연맹에 납치된 애거트는 아직이었지만……. 녀석에 대해선 다른 단서가 없으니 이미 중앙 대륙에 돌아가 있는 걸로 생각하기로 했다.

# 3장

호수의 바닥 그 아래에 존재하는 지하 시설.

이곳은 연맹의 지하 시장보다도 더 거대했다.

'이런 곳이 존재하고 있을 줄이야…….'

우리는 귀빈실 비스무리한 곳에서 잠시 대기를 하고 있었다.

올킨과 만나고 싶다는 이야기를 하니 그리샴이란 리자드맨이 얘기를 전하러 어디론가 향했기 때문이다.

우리는 그 짧은 틈을 타 해후를 나눴다.

"음! 처음엔 나도 놀랐었지!"

멜로디아나는 무용담을 자랑하듯 이야기를 늘어놨다.

듣자니 처음엔 괴물들에게 납치를 당했다고 한다. 그녀를 납치한 괴물들은 그녀를 소생의 산 제물로 사용하기 위해 리치 니니아가 있는 곳으로 데려갔다고.

그러나 니니아는 산 제물을 통한 소생의 혈마법은 사용하지 않기로 결심한 상황이었다. 어차피 멜로디아나 한 명만으론 소생이 불가능하기도 했고.

괴물들은 그렇게 된 김에 멜로디아나를 짐승형 괴물들의 먹이로 주려 했으나 니니아가 제지를 했다.

"니니아는 외부 대륙의 정세가 궁금했던 것 같더군."

"그래서 그 거무칙칙한 성에서 생활을 한 겁니까?"

"맞아, 그곳에서 말을 배우고 우리 대륙에 대해 얘기를 해줬어. 그랬더니 뭔가 오해가 있는 것 같더라고."

니니아가 궁금해한 건 엘란 왕국이나 연맹의 이야기였으나 멜로디아나가 말한 건 중앙 대륙의 정세였기 때문이다.

"니니아는 뭔가 이상하다고 생각했는지 나를 이곳에 보내 커다란 나무와 얘기를 하게 했지. 이후엔 허가를 받고 이곳에서 생활하고 있었다."

"나무……?"

"그게 올킨이라고 하나 봐."

희망의 존재로 불리다가 모신에 의해 타락했다는 드래곤.

'그런 녀석이 왜 이곳에 나무로 있는 거지?'

뭔가 다른 내막이 있는 것 같았다.

"리시테아 당신은 어떻게 됐던 거죠?"

루크레치아와 한참이나 기 싸움을 하고 있던 리시테아는 내 물음에 어깨를 으쓱였다.

"1년간은 이곳 대륙을 돌아다니며 떠돌이 생활을 했어요. 혹시나 같은 처지의 실종자가 있나 하는 생각이었죠."

"그건…… 무척이나 힘든 일이었겠네요."

"정말이지 그렇다니까요. 얼마나 많은 괴물들과 맞닥뜨렸는지 지금은 셀 수조차 없을 정도예요."

그러다 결국 멜로디아나를 찾고 이곳에 정착을 했다는 거다.

리시테아는 원망하듯 나와 애쉬를 바라본다.

"그러는 당신들은 즐거웠던 모양이네요. 마법 아카데미에 다녔다고요?"

"뭐, 당신에 비하면야 상황이 나은 건 사실이지만, 우리도 고생을 한 건 마찬가지예요."

"애쉬도요?"

"애쉬도 많이 고생했죠."

애쉬는 고개를 끄덕이며 더 변호해 달라 재촉한다.

"뭐, 시간이 남으면 술이나 퍼먹고 다니긴 했지만."

"그, 그거야 리시테아를 그리워하는 마음을 술로 달랜 거지!"

리시테아의 눈빛이 싸늘해진다.

"그런 것치곤 다른 여자를 만들었네요?"

"아, 아니야……. 루크와는 그냥 그게……."

쭈구리가 되어 목소리가 작아지는 애쉬.

다들 옅은 미소로 그 모습을 바라보고 있었다.

그때 그리샴이 돌아왔다.

미라벨이 통역하여 말해 준다.

"따라오래. 만나게 해 주겠대."

올킨과의 대면.

이걸로 나는 다섯 드래곤 중 넷을 만나게 된 셈이었다.

엘프들의 섬에 있던 인도의 알트론.

아티클과의 전쟁에서 마주친 공존의 메파트라.

조력자 역할을 해 주고 있는 균형의 반달린.

그리고 이제 희망의 올킨이다.

나는 이들과의 만남을 통해 점점 이 세계의 진상에 가까워지고 있었다.

올킨이 위치해 있는 곳은 이보다 더 지하였다.

아래로 마그마가 흐르고 있는지 온도가 높아졌고, 숨을 쉬기가 힘들어졌다.

그러다 곧 청량한 공기가 폐를 채우며 넓은 공동이 나타났다.

그곳에 나무의 뿌리로 보이는 것이 있었다.

그 나무는 지상을 뚫고 올라서 있었다.

'그러고 보니 호수 근처에 커다란 고목이 하나 있었지.'

그게 이 나무일지도 모른다는 생각이 들었다.

그리샴이 앞으로 나서라며 나와 미라벨에게 손짓을 했다.

그 손짓에 나무 가까이로 향하자 갑자기 목소리가 들리기 시작한다.

"우오오……."

땅을 기어가는 듯한 중후한 목소리였다.

"미라벨……! 드디어 왔구나."

그가 반기는 대상은 내가 아니라 미라벨인 듯했다.

미라벨은 어리둥절한 표정으로 어깨를 으쓱했다. 그녀도 올킨과 마주한 적은 이번이 처음인 듯했다.

다만 인연은 있었다. 올킨이 그녀의 부모에게 계시를 내렸었기 때문이다.

너희의 아이가 세상을 구할 것이라고.

그렇기에 엘프들은 미라벨의 후손들을 구원자의 핏줄이라 부르며 칭송했다.

'……잠깐만.'

생각해 보니 뭔가 이상했다.

올킨의 예언을 곧이곧대로 받아들일 경우 미라벨의 후손은 해당 사항이 없기 때문이다.

넓게 보면야 그렇게 받아들일 수도 있지만, 계시 그대로만 보자면 오직 미라벨 하나에게만 국한된 이야기 같았다.

 그것이 미라벨이 사망하면서 엘프들은 그 후손에게 시선을 돌린 거지만, 아이러니하게도 그 미라벨 본인이 지금 이 시점에 존재하고 있었다.

 '설마 계시의 아이는 미라벨을 말하는 거였나? 그렇담 내 자식 중에 위인이 나온다는 알트론의 계시는 뭐지?'

 머리가 조금 혼란스러웠다.

 그때 올킨이 내게 관심을 가졌다. 대륙어로 내게 말해 온다.

 "너는 무엇인고? 인간……?"

 나는 목청을 가다듬고 그에게 답했다.

 "전 알트론의 계시를 받은 자이며 반달린과 뜻을 함께하고 있는 자입니다."

 "내 형제들과……?"

 나는 지금껏 있었던 일을 간략하게 그에게 설명했다. 올킨은 잠시 침묵하더니 말한다.

 "과연 그런 건가……. 우리 부신께서 외부 세계에서 데려온 자라는 게 너였구나. 너는 이 세계의 사람이 아니로구나."

 내 가신들은 적당히 중앙 대륙을 칭한 거라 여겼지만 나는 알 수 있었다.

올킨이 말하는 외부 세계는 지구를 말하는 거라고.

"그랬군. 그런 거였어……. 좋다, 모든 얘기를 할 때가 온 것 같구나. 얘기를 해 줄 터이니 다른 이들은 무르도록 해라."

그러자 그리샴이 내 가신들을 데리고 장소를 떠났다.

공동엔 나와 미라벨만이 남게 됐다.

미라벨은 별 흥미가 없는지 머리만 북북 긁고 있었다.

올킨이 말한다.

"너희 둘은 모신을 소멸시키기 위한 쐐기이니라."

"쐐기라뇨?"

"과거 이 세계는 한 번 멸망한 적이 있었노라. 우리 형제들은 힘을 합쳐 생명의 끈을 이어 가고 모신을 소멸시키려 했지만 실패했지."

"과거요? 그런데 어떻게 지금……."

"넌 구원이동이란 것을 알고 있느냐?"

갑자기 그건 왜 물어보나 싶었다.

"알고 있습니다. 반달린이 개발한 마법이라고……."

"그건 녀석이 개발한 마법이 아니다. 녀석은 그 편린을 떠올린 것에 불과해. 그 근본은 우리 부신께서 만들어 낸 시간을 되돌리는 마법이다."

"시간을 되돌린다고요?"

"멸망의 시점, 부신께선 자신의 소멸을 대가로 세계의 시간을 되돌렸다. 구원이동과 비슷한 이치였지. 세계의 끝을 무효로 하고 먼 과거로 시간을 돌린 게야."

뭔가 스케일이 엄청났다.

"다만 우리는 그 기억을 전부 잊어버리고 말았다. 그 사실을 알고 있는 건 오로지 모신밖에 없었어."

"……!"

"모신은 분노하고, 또한 고민했다. 또 한 번 이런 일이 발생하면 안 된다고 생각했지. 그렇기에 방법을 바꿔 이번엔 부신의 권속인 우리 형제들을 모두 타락시키기로 했어."

그렇게 공존의 메파트라는 미쳐 버렸고, 인도의 알트론은 섬에 틀어박혔다.

반달린은 홀로 행동하기 시작했고, 올킨도 모신의 꾐에 넘어가 절망의 존재로 타락했다.

"다만 나는 모신과의 접촉으로 인해 기적적으로 과거의 일을 떠올릴 수 있었다. 하여 역으로 모신을 함정에 빠뜨리기로 했지."

"함정이요……?"

"그게 바로 너희들이 격동이라 부르는 현상이다."

던전을 발생시키는 것. 모신은 그걸 통해 세상을 멸망시키려고 했지만 올킨의 의도는 반대였다.

"선한 의지가, 공존하고자 하는 의지가 언젠가는 피어날 거라고 생각했어. 덤으로 미라벨과 같은 존재들이 던전을 통해 새로운 시대에 모습을 드러낼 수 있을 거라고 생각했지. 지금처럼 말이야."

"허……!"

"마침내 내 계획은 성공했다. 모신은 내가 타락했다고 믿고 자신의 치부를 보여 줬지."

"치부……?"

"그게 이 고목이다."

그가 말을 이어갔다.

"이건 모신의 몸. 그의 생명이지. 난 이 몸을 뺏어 내 놈을 밖으로 쫓아냈지. 그로 인해 불멸의 존재였던 모신을 죽일 수 있게 됐다."

따라가기 힘든 얘기였지만 간단히 말하면 올킨이 역으로 모신을 속여 한 방 먹였다는 것 같았다.

"모신은 분노하여 인간의 왕국을 이용해 이곳에 쳐들어오려고 했어. 하여 나는 호수를 범람시키며 주변의 침입을 계속해서 격퇴한 것이다."

이것이 호수의 지배자라는 던전의 전말이었다.

"즉……. 그런 겁니까, 현재 모신은 죽일 수 있는 존재가 됐다. 그걸 죽이면 모든 일이 해결된다라는 건가요?"

"모든 게 끝나진 않겠지. 다만 근원은 제거할 수 있다."

올킨은 무거운 목소리로 말한다.

"모신은 지금껏 마나의 존재로 연명을 하고 있었다. 내게 몸을 뺏긴 탓이지.”

“미라벨과 똑같았던 거군요.”

“그래, 하지만 마나로 된 생명은 형태가 불안정하다. 너무 오랜 시간이 흐르면 마정석이 되어 흩어져 사라져 버리고 말지. 수천 년을 연명한 모신은 그 위기감을 느꼈을 것이다. 하여 신체를 얻을 방법을 강구해 냈어.”

“혈마법……!”

“그래, 그놈은 현재 동물의 몸을 가지고 있다. 인간인지 수인인지, 혹은 엘프일지도 모르지. 어쨌든 동물의 모습을 한 지금이라면 너라도 놈을 죽일 수 있다. 오히려 지금뿐이야.”

올킨의 목소리에서 다급함이 느껴졌다.

“놈이 새로운 거처를 만들기 전에 처리를 해야 한다. 다시 자연물에 의식을 옮겨 숨어 버리면 찾아낼 방도가 없다. 생물의 몸을 얻은 지금이야말로 기회야. 부신의 인도로 이곳을 찾은 이방인이여, 놈을 찾아내 죽여 다오!”

이걸로 세계의 전말과 흑막이 모두 밝혀진 셈이었다.

내가 이 세계에 온 이유도.

호수를 나온 나는 서둘러 돌아갈 채비를 했다.

올킨의 말에 의하면 모신이 위험을 감수하고서라도 사람의 몸을 얻은 건 중앙 대륙을 파괴하기 위해서라고 했다.

중앙 대륙은 뭐가 됐든 생명이 계속 이어질 수 있는 환경이기 때문이다.

그걸 눈엣가시로 여긴 모신은 호시탐탐 중앙 대륙을 노렸으나 마나체인 상태로는 중앙 대륙에 넘어갈 수 없었기에 몸을 얻을 수밖에 없었다.

목적은 분단 결계를 펼치고 있는 오메론을 죽이고 결계를 없애는 것.

이후에는 자연물에 몸을 숨기고 오랜 시간에 걸쳐 세계를 멸망시키면 된다.

이미 부신의 권속들인 드래곤들은 대부분 힘을 잃은 상태였으니 이번에야말로 끝을 낼 수 있다는 판단이었다.

'쥬라스와 카이엔이 대처를 해 주고 있긴 하지만…….'

상대가 상대이니만큼 걱정이 됐다.

나는 곧장 엘란 왕국으로의 항해에 들어갔다.

그렇게 일주일이 걸려 돌아온 왕국은 꽤나 소란스러웠다.

"알스! 잘 돌아왔어!"

후다닥 뛰쳐나와 절박한 표정으로 말을 이어 가는 로자.

그것은 연맹에 의한 대대적인 침공 소식이었다.

돌연 침공을 시작한 연맹.

아직 던전들이 곳곳에 있는 상황에서 너무 갑작스러운 공격이었다.

로자는 사색이 되어 어쩔 줄 몰라 하고 있었다.

왜 그런가 했더니 그 침공의 선두에 있는 사람 때문이었다.

"조셉 왕자가 말입니까……?"

"응……. 연맹의 사람들이 유폐돼 있던 오빠를 빼내 간 것 같아."

로자는 면목이 없다는 듯 표정을 흐렸다. 내가 이런 일을 우려해서 처형을 하자고 했음에도 로자 본인이 고집을 부려 유폐로 결정한 것이었으니까.

심지어 난 이런 경우에 대해서도 경고를 했었다.

"정말 미안해. 미안……해."

로자는 호되게 한 소리를 들을 거라고 생각했는지 울상을 지었으나 딱히 그녀를 혼내고 싶은 마음은 없었다.

나도 캘리퍼 왕족들을 처형하지 않고 유폐했으니까.

"로자, 괜찮아요."

등을 쓰다듬으며 위로를 해 주자 로자는 매달리는 듯한 눈으로 나를 응시했다.

"같이 해결해 보도록 하죠. 이번 고비만 넘기면 모두 잘 풀릴 거예요."

"응, 고마워, 알스."

돌연 그녀의 눈이 몽롱해졌다. 마음고생을 해서 잠을 못 잔 모양인지 비틀거리기 시작했다.

그걸 슬쩍 부축해 주자 로자는 요령 좋게 와락 안겨 들었다.

"······."

이 광경을 지그시 응시하던 루크레치아가 중얼거린다.

"에리나에게 보고할 게 생겼군요."

"뭐래요."

일단 저택으로 돌아온 나는 가신들과 함께 이 일을 논의하기로 했다.

연맹의 침공에 대해선 다들 공통된 의견을 가지고 있었다.

"제대로 타이밍을 잡았군요."

소피아가 가라앉은 목소리로 말했다.

그녀는 지도를 가리키며 말을 이어 간다.

"연맹이 최근 권력 구조를 개편했다는 소식은 다들 알고 있겠죠?"

엘리엇과 도로시가 격하게 고개를 끄덕였다.

본래 분권화가 돼 있던 연맹의 권력은 상위 연맹들의 연합으로 인해 중앙집권화가 됐다.

"그 목적이 이 침공이었던 것 같아요."

"하지만 어째서 지금입니까?"

권터의 물음이었다.

"지금은 대격변으로 인해 위험한 던전들이 곳곳에 산재해 있는데요. 이럴 때 군대를 일으키다니요."

이 물음에는 내가 대신 답했다.

"그렇기에 지금인 겁니다. 지금은 대륙 전체가 혼란한 상황이니까요. 이 틈을 타 엘란 왕국을 멸망시킨다면 정통성이고 뭐고 큰 상관이 없어요. 그런 걸 생각하기엔 워낙 혼돈의 시기이니까요."

"왕국이 멸망하고 연맹이 새로운 체제로 들어서도 국민들은 크게 반발하지 않을 거다?"

"영향이야 있겠지만……. 그런 셈이죠."

이 전쟁에 대해서도 대처를 해야 했지만, 지금 당장은 그렇게 급하지 않았다.

오히려 더 급한 건 중앙 대륙 쪽이었다.

"인원 배분을 하겠습니다. 이곳에 남아 전쟁을 치를 인원과, 저와 함께 중앙 대륙으로 갈 인원으로 나누도록 할게요."

그러자 에오니아가 번쩍 손을 들었다.

"전 알스 님과 함께 가겠습니다!"

"그렇게 말할 줄 알았어. 근데 아이들은?"

"아이들도 소중하지만 제겐 알스 님의 안위가 최우선입니다. 아이들은 에리나와 에스텔에게 맡기고 당신을 따라가겠어요."

"……좋아, 같이 가자."

이에 유미르도 손을 든다.

"저도 동행하겠습니다. 류나는……. 같이 데려가도 괜찮을까요?"

"뭐, 저번에도 같이 갔었으니까."

이외에도 안톤, 일리야 스승, 가스파르가 자원했다.

"그 외에는……. 잠깐만요."

나는 노성이 들려오는 2층의 방으로 향했다.

그곳에 율리아 누나와 올라프 그리고 어머니가 있었다.

어머니는 어이가 없다며 율리아 누나와 아기를 바라보고 있다.

"잠시 눈을 뗐더니 아기를 데리고 오다니. 율리아, 너……."

"헤헤, 그렇게 됐어, 엄마."

"그렇게 됐다니! 귀족 처녀가 혼사도 맺지 않고 다짜고짜 아이를 가지는 게 말이 되니? 게다가 메이센의 약혼자랑!"

"읔……."

율리아 누나는 내가 나타나자 매달리듯 애원한다.

"도와줘, 막둥아. 엄마가 괴롭혀."

"어머니, 적당히 하세요. 그보다 올라프, 당신은 여기 있지 말고 내려와요. 중요한 얘기를 하고 있는 중이니까."

올라프는 처음부터 이 자리가 불편했는지 후다닥 따라 나온다.

"휘유! 어머님이 의외로 잔소리가 심하시네."

"잔소리가 나올 만한 상황이니까요. 그보다 당신, 메이센과는 이야기를 잘했습니까?"

"하하……. 그게 조금 어색해서 말이야."

"어휴, 당신은 이번에 절 따라오세요."

"중앙 대륙으로? 율리아는?"

"어머니가 있으니까요. 에리나와 에스텔도 도와줄 테니 육아는 걱정하지 않아도 돼요. 그보단 메이센과 시간을 더 보내도록 해요. 당신, 그녀가 얼마나 마음고생을 했는지 압니까?"

"알긴 아는데……. 알겠어. 따라갈게."

그렇게 나를 따라가기로 한 일행은 에오, 유미르, 안톤, 일리야, 가스파르, 올라프, 메이센, 도로시가 됐다.

다만 장거리 전이에 필요한 마강석이 부족한 상황이었기에 3주의 텀을 두고 세 번에 걸쳐서 가기로 했다.

이후엔 엘란 왕국에 남을 사람에 대한 인선이었다.

올라프를 데리고 다시 거실로 내려오자 여기도 활발하게 논쟁이 벌어지고 있었다.

"군의 지휘관은 애쉬가 해야 하는 게 맞지 않습니까? 애쉬는 그만한 능력을 가진 장군이라고 생각해요."

이 루크레치아의 발언에 소피아가 조소를 한 게 발단이었다.

"뭐, 애쉬가 능력이 없는 건 아니지만, 여기서 명함을 내밀 정도는 아니에요. 군의 총대장은 내가 맡을 거예요."

이에 루크와 리시테아가 발끈하며 논쟁이 시작된 것이다.

애쉬는 어쩔 줄을 몰라 했다. 소피아의 말이 맞다며 둘을 만류하고 있었지만, 두 사람이 듣질 않았던 것이다.

녀석은 내가 내려온 걸 보자 중재를 해 달라며 소리쳤다.

"아니, 뭐 소피아의 말이 틀린 건 없습니다."

루크와 리시테아가 눈을 부라린다.

"당신들이 애쉬를 고평가하는 이유는 알겠는데, 내 가신들의 능력도 그에 뒤지지 않거든요. 적어도 전쟁에 대해선 말이죠. 애쉬는 유망하긴 하지만 그뿐이에요."

내 말에 소피아는 입꼬리를 씨익 올린다.

"역시 당신은 사람을 냉정하게 본다니까요. 총대장은 당연히 나겠죠?"

"달리 선택의 여지가 없으니까요. 기고만장한 것 같아서 말하는 거지만…… 만약 쥬라스가 이곳에 있었다면 당신이 총대장이 되는 일은 없었을 거예요."

"윽……."

"아무튼, 잘 부탁해요. 참모로는 루트거와 애쉬를 이용하면 돼요. 무장으로는 미라벨과 루크, 리시테아, 귄터, 엘레나입니다."

"내 특공 전술을 수행할 수 있는 건 미라벨과 엘레나 정도밖에 없겠군요. 뭐, 알겠습니다."

루크와 리시테아는 그 소피아의 얄미운 말에 부들부들 떨고 있다.

"어휴, 싸우지 말고 잘해요. 굳이 이길 필요는 없어요. 내가 돌아올 때까지 시간을 끌고만 있어도 충분하니까."

"맡겨 둬요."

비공식이지만 총대장 임명을 받은 소피아는 눈빛을 날카롭게 하고 애쉬 일행을 향해 말한다.

"애쉬 페이튼! 당장 부대 현황 조사를 시작하세요. 행정업무는 루크레치아에게 도움을 받으면 될 겁니다."

"……옛!"

후다닥 저택을 떠나가는 애쉬.

나는 중앙 대륙으로 갈 채비를 하며 반달린에게 연락을 취했다.

이 연락은 미라벨을 통하여 해야 했기에 쌍둥이들과 놀아

주며 희희낙락하고 있는 그녀에게 부탁을 했다.

쌍둥이들은 나를 보자 미라벨을 놔두고 꺄르르 웃으며 내게 기어 왔다.

미라벨은 충격을 받았는지 부릅뜬 눈으로 나를 노려본다.

"저기, 반달린을 불러 주시겠습니까?"

"……싫어."

"저기요?"

삐진 듯 고개를 돌려 버리는 미라벨.

그녀를 달래 보기 위해 쌍둥이들을 그녀에게 보내려 했지만, 쌍둥이들은 내 옷자락을 쥐고 놓지 않았다.

그게 미라벨을 더욱 삐치게 만들었다.

나는 어쩔 수 없이 에오니아를 불러오기로 했다.

"부탁해, 에오."

"으으, 알스 님의 부탁이라면……."

내 부탁에 에오니아는 슬그머니 미라벨에게 갔다. 그러자 미라벨은 먹이를 휘감는 뱀처럼 에오를 꼭 껴안았다.

그러나 이걸로는 부족했던 모양이다.

내가 두 명을 뺏어 갔으니 두 명을 달라며 항의한다.

나는 후다닥 엘레나를 데리고 왔다.

"뭔가요, 이게! 전 싫습니다!"

"세상을 위한 일이에요! 자!"

엘레나를 떠밀자 미라벨은 엘레나도 꼭 안았다. 그러고는 무언가 주문을 외웠다.

"반달린, 곧 왕궁으로 올 거야."

"고맙습니다. 그럼 느긋하게 즐기세요."

나는 후손들과 오붓한 시간을 보내는 미라벨을 뒤로하고 왕궁으로 향했다.

오랜만에 만난 반달린은 꽤 피로해 보였다.

"무슨 일이라도 있으셨습니까?"

"놈들이 소생의 혈마법을 사용하는 곳을 추적하고 있었다. 좀처럼 덜미가 잡히지 않는군."

"……그거라면 약간의 단서를 얻어 냈습니다."

"뭐라고?"

나는 동대륙에 갔던 일을 그에게 이야기했다.

동대륙에서 자생의 싹이 트고 있다는 말에 그는 오만상을 찌푸렸다.

"마나로 나타난 괴물들이 몸을 얻어 종족을 번영시키려 하고 있다고? 그게 무슨……."

그는 동대륙을 생명이 사라진 대륙이라 생각하고 있었던 모양이다. 그러니 그 이상 관심을 가지지 않은 것이다.

"당신, 니니아라는 흑마법사를 아십니까?"

"니니아……? 들어 본 적 있는 것 같기도 한데."

"미라벨의 부하였다고 해요."

"아아……! 그 엘프족의 마법사 말인가. 수천 년 전의 일인지라 기억이 가물가물하군."

그녀가 리치가 되어 소생의 혈마법을 만들었다는 말에 반달린은 멍한 표정을 지었다.

"그렇담 그 니니아가 모신의 권속이었던 건가?"

"아뇨, 여기서부터가 진짜입니다."

올킨에 관한 이야기를 하자 반달린은 말문을 잃고 말았다. 그가 충격받은 모습을 보니 뭔가 통쾌했다.

"내가 고안한 구원이동이 부신께서 만든 마법의 편린이었다는 건가……?"

"올킨이 말하길 그 편린을 떠올려 구원이동을 만든 것조차 기적이라고 합니다."

"올킨……. 그 녀석이 타락했다고 들었을 땐 나도 믿기지 않았지. 그랬군, 모신을 함정에 빠뜨리기 위해 자신을 희생한 것이었나. 우리 형제들 중에 가장 숭고한 건 그 녀석이었어."

반달린은 씁쓸하게 웃더니 말을 이어 간다.

"그 올킨이 모신의 몸을 빼앗았다는 거지?"

"그렇다는 듯해요."

"흠, 아귀가 맞아떨어진다. 묘하게 모신의 권속들은 인간들의 왕국에 많이 있었거든. 그 모략도 생각 이상으로 치밀했고 말이야. 모신이 직접 암약을 하고 있었다고 하면 납득이 가."

"올킨은 말했습니다. 모신이 중앙 대륙 정벌을 위해 몸을 얻은 지금이야말로 제거할 수 있는 유일한 기회라고요."

"……!"

마나의 존재인 상황에서 제거가 됐다면 마정석이 증발했다가 나중에 다시 나타나는 것처럼 모신도 부활을 했겠지만, 몸을 얻은 지금은 다르다.

신체 자체가 일종의 봉인이 되어 끝장내 버릴 수 있다.

"이게 올킨의 노림수였군! 아니, 설마 오메론도 이걸 노리고 중앙 대륙을 분리시켰던 것인가!? 모신이 몸을 얻게 하기 위하여!?"

"그건 올킨도 모르겠다고 하더군요."

반달린은 깊숙이 고개를 끄덕였다.

"올킨의 말대로 지금이야말로 절호의 기회다. 알스 일라인, 당장 중앙 대륙으로 향해라. 나도 이후에 있을 일을 대비하여 올킨을 만나고 오마."

"엘프들의 섬에 들러서 알트론과 같이 가도록 하세요."

"그건……."

"지금은 고집부릴 때가 아닙니다. 올킨도 둘 다 같이 오길 원했어요."

"쳇! 어쩔 수 없지. 알겠다."

툴툴거리며 엘프들의 섬으로 향하는 반달린.

나도 본격적으로 중앙 대륙으로 갈 채비에 들어갔다.

알스가 중앙 대륙으로 넘어오려고 하던 때.

이미 대륙의 정세는 점입가경에 접어든 상태였다.

서부에선 스벤너와 에우로페가 연합을 하여 툰카이를 공격하고 있었고, 남동부에선 빌랑과 리안드, 크로싱이 격전을 벌이고 있었다.

빌랑은 왕위 다툼을 벌이고 있던 1왕자, 2왕자, 3왕자가 일시 휴전을 맺고, 각각 10만, 4만, 5만의 병력으로 리안드를 침공해 왔다.

이에 알스를 대신하여 리안드를 다스리고 있던 헬리안 공작은 급히 징병한 10만의 병력으로 맞대응을 했으나 역부족인 상황이었다.

"보고드립니다! 남부의 세테스 교차로가 완전히 적의 수중에 떨어졌습니다! 그곳을 습격하기 위해 매복하고 있던 보르딘 장군님은 전사! 휘하의 병력도 투항했다고 합니다!"

"이런……! 세테스 교차로에 요새가 세워진다면 적의 든든한 교두보가 될 것이다! 어떻게든 요새 공사를 저지해야 한다! 주변에 있는 장군은, 부대는!?"

"이미 적의 견제에 뒤로 물러난 상황인지라……. 재차 세테스 교차로로 가려고 해도 적의 척후에 걸려들 것입니다!"

"빌어먹을! 알바드와 크로싱은 대체 뭘 하고 있는 거야! 설마 양패구상을 했다는 그 첩보가 사실이었던 건가?"

쥬라스와 카이엔이 돌연 격돌하여 양쪽 다 사망했다는 그 소식.

헬리안은 거짓 정보를 뿌리기 위함이라 믿고 있었지만, 상황이 이렇게 될 때까지 나타나지 않는 걸 보고 그것이 진정으로 있었던 일일지도 모른다고 생각했다.

'알스에게 듣자니 카이엔의 친딸을 크로싱이 죽였다고 했어. 그렇담 카이엔이 분을 참지 못했을 가능성도 충분해.'

그렇다고 하면 전황이 크게 바뀐다.

지금까진 그래도 크로싱과 알바드가 도와줄 거라 생각하고 전선에서 버티고 있는 것이었지만, 그게 아니라면 전선을 버리고 군사 요새에 들어가 농성을 하는 게 맞았기 때문이다.

'이럴 때 알스가 있었다면 어떻게 판단을 했을까……?'

그는 머리를 쥐어짜 해답을 생각해 보았으나 오히려 머리만 더 복잡해질 뿐이었다.

그때 또 하나의 급보가 들어온다.

"공작님! 남부 전선에서 급보입니다! 길버트 살레온이 적의 앞잡이가 되어 주변 귀족들을 포섭하고 있다고 합니다!"

"뭐라고? 그놈이!?"

현재 리안드는 알스가 귀족들을 대거 파면시켜 버리면서 귀족 체계의 근간이 흔들린 상태였다.

심지어 측근인 헬리안 계파 쪽에서도 성토가 나올 정도였으니, 이전 왕위 계승 다툼에서 살레온 계파를 도왔어야 했다는 말이 심심찮게 나오고 있었다.

그런 상황에서 길버트가 뷜랑의 앞잡이가 되어 버렸으니 기회를 노리고 있던 귀족들이 상대 쪽에 투항하기 시작했다.

물론 그 귀족들은 이미 힘을 잃은 상황인지라 군사력에는 큰 도움이 되지 않았지만, 국가의 내부 사정을 알고 있는 만큼 정보력 측면에서 적에게 도움이 된다.

'이러면 더더욱 뒤로 물러나 농성을 해야 해……! 아니, 농성을 한다고 답이 있는 걸까?'

귀족들이 투항하기 시작한다면 내부 첩자들의 숫자도 기하급수적으로 불어날 테다. 그런 상황에서 농성을 하기엔 무리가 있었다.

'어쩐단 말인가……!'

그가 고뇌하던 그때였다.

"아빠, 과자 먹고 싶어!"

"저번에 여기에서 먹었던 거? 꿀이 너무 많이 들어가서 엄마가 안 된다고 할 것 같은데."

"엄마 없을 때 줘!"

"욘석, 간식 먹을 땐 엄마한테 말하기로 했었지!"

"이잉!"

딸 류나와 단란하게 얘기를 하며 나타난 알스.

헬리안은 말문을 잃은 채 그를 바라보고 있었다.

샤샥! 낯가림이 발동한 류나가 알스의 다리 뒤로 숨고, 알스는 헬리안에게 시선을 돌렸다.

"고생하셨어요. 이제부터 제가 맡겠습니다."

"후우……!"

자기도 모르게 책상에 얼굴을 박으며 안도의 한숨을 쉬는 헬리안.

"아슬아슬했어. 자네가 돌아오는 게 늦었다면 내가 돌이킬 수 없는 결정을 내렸을지도 모르는 상황이었거든."

"그래도 상관은 없었을 거예요."

"무슨 뜻이지?"

"쥬라스가 당신의 움직임에 맞춰 작전을 수정해 줬을 테니까요."

"흐음……. 그런 것치곤 지금껏 전혀 도움을 주지 않았네만."

"그게 작전이니까요."

알스는 펼쳐져 있던 전도를 보며 턱을 쓰다듬었다.

헬리안이 묻는다.

"상황 설명이 필요한가?"

"전황은 크로싱의 첩보부에게 전해 들었습니다. 빌랑의 군세가 우리 영토의 남서부를 침공. 세테스 교차로를 교두보로 삼아 북, 북동, 동의 세 방향으로 침공을 개시했다고요."

"정확하네. 그 과정에서 자네로 인해 파면당한 귀족들의 세력을 흡수하며 움직이고 있어. 그 귀족들이 우리 영토의 내부 사정을 훤히 꿰고 있는 탓에 여러 곳에서 문제가 발생하고 있다네."

"오히려 잘된 일일지도 모릅니다."

"불온분자들을 색출한다는 의미에선 그렇겠지."

"그것도 있고요. 뭣보다 상대의 진군 속도가 빨라졌다는 게 큽니다."

"무슨 소리인가? 그건 우리에게 있어 악재가 아닌가?"

"……그게 그렇지만도 않거든요. 어쨌든, 지금은 물러날 때입니다. 전선을 버리고 후방 요새로 퇴각하라고 하십시오."

알스는 쥬라스와 카이엔의 설계를 읽고 있었다. 그들이 진정 노리고 있는 게 무엇인가를 말이다.

후퇴하며 정비를 시작하는 우리 군.

나는 도시에도 대피 명령을 내리며 시민들을 피난시켰다.

하여 시민들이 빠르게 수도로 이동해 크로싱 방면으로 피난을 시작했다.

그 과정에서 양국의 국경을 포함하고 있는 우리 레인폴이 주도적인 역할을 했다.

나는 왕궁을 빠져나와 레인폴에서 작전을 수립하기로 했다. 내가 왕궁에 없는 편이 상대에게 압박을 줄 수 있기도 하고, 왕궁에 있다간 괜한 암살 위협을 받을 것 같았기 때문.

"으음……. 길버트 살레온의 야심이 이 정도였을 줄이야."

설마 빌랑과 손을 잡고 권력을 쟁취하려 들 거라고는 생각지 못했다.

"뭔가 위화감이 드는걸."

설령 빌랑의 손을 빌려 왕권을 찬탈한다고 해도 길버트는 토사구팽을 당할 운명이었다. 그걸 정치적인 센스가 탁월한 길버트가 모를 리 없다.

그럼에도 이런 짓을 했다는 건 뒤에서 사주를 한 누군가가 있거나, 강제로 그를 조종하는 세력이 있다는 뜻이었다.

"길버트가 있는 군대는 3왕자 엘드릭의 군대……. 동진을 하고 있다고 했었지."

나는 크로싱의 특무대원을 호출했다.

"부르셨습니까."

"동진을 하고 있는 엘드릭 왕자의 군대에 대해 자세히 알아 오세요. 급합니다."

"명 받들겠습니다."

최소한의 조치를 취한 나는 묵은 숨을 내쉬었다.

표면적으로는 여유를 부리고 있긴 했지만, 절대 쉬운 상황이 아니었다. 한 번이라도 판단을 그르치면 치명적인 타격이 되니까.

"조금 쉬시는 게 어떠십니까?"

호위를 하고 있던 안톤의 말이었다.

"그래야겠네요. 일단 저택으로 돌아가죠."

내 가신들은 세 번에 걸쳐 이곳으로 이동하기로 했다.

일단 급한 대로 유미르, 일리야 스승, 안톤이 동행했다. 당장 있었던 마강석을 전부 사용한 것이다.

이후에 마강석이 수급되면 올라프, 메이센, 에오니아가 오기로 했다.

세 번째로는 가스파르가 그쪽 상황에 맞춰 몇 명을 데려오기로 결정했다.

저택에 돌아오니 거실에서 유미르와 스승이 심각한 표정으로 무언가를 바라보고 있었다.

그때 유미르가 나를 알아채고 다가온다.

"도련님, 오셨습니까."

"응, 잠깐 숨을 돌리려고. 그런데 뭐 하고 있는 거야?"

"그게……."

유미르가 턱짓으로 신호를 보냈다.

그곳으로 시선을 옮기자 류나가 스승과 안톤의 아이인 가웨인과 놀고 있는 게 보였다.

둘은 장난감을 가지고 단란하게 놀고 있었으나 주도권은 류나에게 있는 듯했다.

가웨인이 장난감을 입으로 가져가려고 하자 탁! 그 팔을 때리며 혼을 낸다.

"지지 안 돼!"

쌍둥이들과 놀며 배운 누나의 소양이었다. 가웨인은 울상을 지었으나 류나는 따끔하게 혼을 낸다.

"뭔가 류나가 누나인 것 같은 느낌이네."

실제로는 류나는 한 살이고 가웨인은 세 살이다. 다만 수인의 성장력 때문인지 덩치 자체는 비슷했다.

류나는 계속 장난감을 입으로 가져가는 가웨인을 강하게 제지하기 위함인지 탁탁! 그 팔을 계속 때렸다.

그러자 '으아아앙!' 하며 가웨인이 울기 시작했다.

"그런 걸로 울면 어떡하니, 내 아들……!?"

일리야 스승은 충격을 받은 듯 이마를 감싸 쥐었다.

류나가 어느 정도의 겁쟁이인지를 잘 알고 있는 스승은 자신의 아들이 그 류나에게 지고 있는 모습을 보기 어려웠던 모양이다.

반면 안톤은 흐뭇하게 웃는다.

그는 가웨인이 장차 류나와 쌍둥이들을 모셔야 한다고 생각하고 있었기에, 지고 있는 모습이 오히려 마음에 든 것이다.

"류나야."

내가 이름을 부르자 류나는 반색하며 고개를 돌리더니 내게 달려왔다.

"아빠!"

달려온 류나를 안아 들자 유미르의 눈치를 보며 주방을 가리킨다.

"과자 저 방에 이써."

딴에는 유미르에게 들키지 않을 거라고 생각한 모양이지만 유미르는 다 알고 있다는 듯 엄한 시선을 보내온다.

"미안해, 유미르. 딱 한 개만 줄게."

"하아……. 알겠습니다, 제가 가져올게요."

잘 구워진 빵 위에 꿀이 굳어져 있는 전통 과자.

그걸 아기들에게 각각 하나씩 쥐여 줬다.

류나는 침을 흘리며 게걸스럽게 순식간에 먹어 치웠고, 가웨인은 본래 입이 짧은지 몇 번 갉아 먹고는 손을 멈췄다.

류나는 강렬한 시선으로 그 손의 과자를 응시했다.

"……먹을래?"

끄덕! 류나는 순식간에 다가가 과자를 뺏어 들어 먹어 치운다.

"류나!"

유미르는 가웨인의 것까지 두 개나 먹어 버린 류나의 엉덩이를 때리며 혼내기 시작했다.

그렇게 되니 이번에 울게 된 건 류나 쪽이었다.

"혼내지 마요."

유미르의 치맛자락을 끌어당기며 말리는 가웨인.

그러한 어른스러운 행동에 금방 기분이 좋아졌는지 일리야 스승이 호탕하게 웃었다.

"하하하! 그래, 유미르. 과자 좀 먹었다고 혼내면 어떡해."

대견하다며 가웨인의 머리를 쓰다듬어 주고 있다. 안톤의 경우엔 감격에 몸을 떨고 있었다.

유미르도 혼낼 기운이 사라졌는지 류나를 내려놨다. 그러자 류나는 내게 안겨 엉엉 울기 시작한다.

"하여간, 육아란 어렵네."

그렇게 잠시간의 단란함을 누리고 있을 때였다.

저택 밖에서 느껴지는 기척에 안톤과 함께 나가 보자 내가 지시를 내린 특무대원이 부복한 채 기다리고 있었다.

"뭐죠? 설마 벌써 알아냈나요?"

"옛, 내부 첩보원이 있었던지라 이미 특무대 기밀부가 정보를 가지고 있었습니다."

"내부 첩보원……. 그래서요? 누가 길버트 살레온을 조종하고 있는 거죠?"

"케스퍼 밀리아스라고 합니다."

"케스퍼……?"

뭔가 기억에 걸리는 이름이었다.

"맞습니다, 당신을 사칭하던 밀리아스 후작가의 자제. 그가 서방의 힘을 빌려 장군 행세를 하고 있습니다."

그 악연이 이렇게 이어질 줄이야.

다만 내가 더 놀라고 있는 건 그런 부분이 아니었다.

그가 서방의 힘을 빌렸다는 걸 어떻게 크로싱의 첩보부가 알고 있느냐였다.

'그러고 보니 쥬라스 녀석.'

과거 케스퍼 밀리아스 건의 처리를 부탁했을 때 녀석은 말했다. 자기만의 방식대로 처리를 해 놓겠다고.

'그랬던 건가……'

조각이 맞춰졌다. 왜 녀석이 지금까지 상황을 방치했는지도, 왜 카이엔과 함께 몸을 숨겼는가도 말이다.

물밀듯이 밀고 들어오는 빌랑의 군대.

나는 완전한 농성 체제를 갖추기로 했다.

수도 알펜서드를 중심으로 요새를 세우고 10만의 병력을 수비 태세로 갖춰 놨다.

이럴 경우 식량이 문제가 될 수도 있지만, 시민들을 전부 크로싱 방면으로 대피시켜 놓은 상황이었기에 못해도 두 달은 버틸 수 있었다.

"……정말 이래도 괜찮은 건가?"

헬리안 공작은 걱정이 되는 듯했다. 이러면 왕궁이 있는 수도 구역은 지킬 수 있을지언정 다른 구역의 영토는 고스란히 뺏겨 버리기 때문이다.

"이대로 가다간 놈들이 우리 영토를 전부 뺏어 가 버릴 걸세. 귀족들도 전부 투항해 버리겠지. 내 일파의 귀족들도 마찬가지로 말이야."

"분명 그렇게 될 겁니다. 그러니 전 이참에 귀족 제도를 완전히 폐지해 버릴 생각입니다."

"이참에 구조 조정을 하겠다는 건가?"

"예, 전쟁이 끝난 이후. 귀족의 지위를 유지할 수 있는 건 당신과 지금 왕궁에 있는 일부 대신들뿐일 겁니다. 그리고 그 지위조차 대물림을 할 수 없게 할 거예요. 그걸로 귀족의 시대는 종지부를 찍게 하겠습니다."

"크로싱처럼 하겠다는 거군. 그건 훗날 크로싱과 통합을 하기 위함인 건가?"

"그렇습니다. 크로싱을 흡수하려면 귀족이 있어선 안 되니까요."

"어쩔 수 없지. 국가가 망해 버리는 것보다야 귀족이 없어지는 게 나으니까. 그래서? 단순히 귀족들을 정리하려고 이런 작전을 세운 건 아니지 않나."

"당연하죠."

나는 전도를 가리키며 말했다.

"지금 빌랑은 지휘 체계가 통일되지 않은 상황입니다. 1, 2, 3왕자가 각각 독립적으로 움직이고 있죠."

"흠."

"그들의 목적은 영토를 빼앗는 것. 그러니 우리가 이렇게 수도 부근에서 농성하고 있으면 옳다구나 하고 주변 영지를 점령하려 들 겁니다."

"이미 그렇게 하고 있네. 해당 구역을 지배하고 있던 귀족들은 어김없이 투항을 했다는군. 하여 상대가 무혈입성을 했지. 자네가 시민들을 전부 대피시킨 덕에 그 과정에서 별다른 잡음도 나오지 않았고 말이야."

순식간에 뺏기고 있는 영토. 아마 보름이면 수도가 포위될 테다.

"그럼 상황이 어려워지는 것 아닌가?"

"만약 레인폴까지 뺏긴다면 말이죠."

"레인폴……? 자네의 영지가 왜?"

"레인폴 방면을 뺏겨 버린다면 크로싱과의 연결점이 사라지니까요. 그것만 아니라면 괜찮습니다."

"으음, 이것이 쥬라스와 카이엔의 움직임에 맞추기 위함인 건가.”

“……맞습니다.”

“정말이지 모르겠군. 그들은 대체 무슨 작전을 하려고 하는 건지…….”

“차차 알게 되실 거예요. 그보다 조금 쉬십시오. 이젠 업무라고 할 것도 없으니까요.”

“후우! 그래야겠군. 당분간은 첩자 색출이나 하면서 느긋하게 지내도록 하겠네.”

기운이 빠져 집무실을 나가는 헬리안.

일이 끝났다고 생각했는지 유미르가 류나를 안고 나타났다.

류나는 업무를 보고 있는 내 무릎에 앉아 신나게 놀더니 곧 새근새근 잠들었다.

나도 조금 졸렸기에 류나를 안고 소파로 이동해 잠시 눈을 붙이기로 했다.

속절없이 함락되어 가는 영토. 적들은 마침내 우리 수도를 포위하기 위한 준비에 들어갔다.

“보고드립니다! 서부, 서남부, 남부에서 적군이 준동! 목표는 우리 알펜서드인 것 같습니다!”

"각 장교들에게 농성 태세에 들어가도록 전해라."

"옛!"

바쁘게 움직이는 병사들. 그들에게서 불안감이 느껴졌다.

나는 안톤에게 지시했다.

"병사들에게 계속 말해 주세요. 가족들은 크로싱에서 안전하게 지내고 있다고요. 괜한 탈영병이 나와선 안 됩니다."

"말씀하신 대로 수행하겠습니다."

이걸로 준비는 끝. 버티기 작전에 들어가면 된다.

그러던 그때.

더그덕! 더그덕! 1백에 달하는 기병대가 돌연 알펜서드로 돌진해 오기 시작했다.

적군이라고 생각한 우리 병력이 요격 태세를 취하자 펄럭! 상대는 곧장 크로싱의 기를 들어 보였다.

'크로싱에서……?'

뭔가 전할 말이라도 있나 싶었지만 그런 건 아니었다.

그 선두에 서 있던 게 에오니아였기 때문이다.

"알스 님! 이 에오니아 미라벨! 이 시간부로 다시 착임하겠습니다!"

"에오!? 어떻게 벌써 온 거야? 마강석을 모으는 데 한 달은 더 걸릴 줄 알았는데."

"헤헤, 동대륙에서 지원이 있었습니다."

"동대륙에서?"

그때 에오니아를 대신해 노인이 앞으로 나와 말을 받았다.

"니니아에게서 받았다."

"반달린 당신까지……! 일단 왕궁으로 들어오시죠."

그 외에도 에리나, 올라프, 메이센, 도로시도 함께 왔다. 아직 오지 않은 건 가스파르 하나뿐.

왕궁으로 자리를 옮기자 반달린이 말한다.

"리치 니니아에게 막대한 양의 마강석이 있더군. 신체의 부활을 꿈꾸는 이종족들이 갖다 바친 것들이 쌓여 있었던 게지."

"그치만 그걸 가져와 버리면 그쪽도 곤란해지는 것 아닙니까?"

"음, 추후에 마강석을 확보해 갚기로 했다. 그러니 신경 쓰지 마."

"예……."

"나는 이제부터 이곳을 돌아다니며 모신을 찾아보겠다. 넌 네 할 일을 해라."

"조심하십시오. 혹여나……."

"내가 죽을지도 모른다고? 훗, 그거야말로 괜한 걱정이라는 게다."

홀연히 사라지는 반달린. 그 모습을 보니 정말로 걱정할 필요는 없어 보였다.

'그런데…….'

에리나까지 올 줄이야. 태교에 악영향을 끼칠까 걱정이 됐다.

에리나는 이미 전황에 대한 이야기를 들었는지 침울한 기색이었다.

류나가 놀아 달라며 보채고 있어 억지로 미소 짓고 있었지만 내심으론 힘든 게 보였다.

뭔가 위로라고 해 줄까 했으나 툭! 올라프가 내 어깨를 잡으며 고개를 흔들었다.

"지금은 스스로 받아들이게 놔두는 게 좋아."

"……그러는 게 좋겠네요. 그보다 올라프, 당신은 지금 이 상황을 어떻게 생각하죠?"

"이 상황? 뭐, 쥬라스 씨와 카이엔 씨가 어이없이 죽은 게 아니라면 뭔가가 있는 거겠지. 넌 그걸 생각해서 농성을 선택한 거고."

"맞습니다."

"그런데 그걸 상대도 모르고 있을까? 충분히 경계를 하고 있을 것 같은데."

"그렇죠. '빌랑의 군대'는 경계를 하고 있을 거예요."

"……?"

이해를 하지 못했는지 고개를 갸웃하는 올라프. 난 그에게 서류 더미를 넘겨주었다.

"당신은 이 업무들을 처리해 주세요. 여차할 땐 헬리안 공작님과 상담하면 됩니다."

"으엑. 오자마자 이러기야?"

"당신은 수인들의 섬에서 2년 동안 휴가를 보냈잖습니까. 이제부터라도 일을 해 줘야죠. 보조로 메이센을 붙여 줄 테니까 그 부분도 알아서 해요."

"윽, 노력해 보지."

어깨를 축 늘어뜨린 채 집무실로 향하는 올라프.

나는 도로시에게 가 보았다.

2년 만에 고국으로 돌아온 도로시는 돌아가는 상황을 보며 씁쓸한 표정을 짓고 있었다.

"앗, 알스!"

"조금 괜찮아?"

"응, 우리 영지민들은 전부 대피를 했다고 하니까."

"네 어머니와 동생들도 같이 피신을 했어. 다른 귀족들은 뷜랑에 투항해 버렸는데, 끝까지 날 믿어 주더라."

"정말 다행이야. 우리 가족들이 괜히 네게 반기를 들었으면 면목이 없었을 테니까."

"그래, 그러니까 가족들에 관한 건 걱정 마."

"……난 그것보단 리네트가 더 걱정돼."

"그쪽이라면……."

뭐라 말할 게 없었다. 도로시는 아직 모르고 있는 듯했지만 나는 그 소식을 알고 있었다.

그녀의 아버지 리네트 펠란드 자작이 귀족 제도 폐지를 준비하는 내게 반발해 수개월 전부터 뷜랑에 붙어 있었다는 걸 말이다.

이번 전쟁에선 기다렸다는 듯 배반하여 앞잡이 노릇을 했다.

그리고 그 과정에서 뷜랑의 2왕자에게 자신의 딸 리네트를 첩으로 보냈다고 한다.

"도로시, 침착하게 들어 줘."

그 얘기를 전하자 도로시는 쓴웃음을 지었다.

"어쩔 수 없지. 갑자기 사라져 버린 내 잘못이니까."

"그게 왜 네 잘못이야. 나 때문에 어쩔 수 없이……."

"알스, 난 그 세계에 간 걸 전혀 후회하지 않아. 오히려 그곳에 간 덕에 좋은 경험을 했다고 생각해. 그러니 괜히 마음 써 줄 필요 없어. 내 일은 내가 감당을 할 테니까."

"……그래."

마지막으로 에오니아였다.

그녀는 리안드의 근위기사단을 보며 뚱한 표정을 짓고 있었다.

"알스 님을 지키는 근위대의 수준이 너무 낮습니다! 새로이 훈련을 해야겠어요!"

"하핫, 마치 본인이 근위대장이라도 된 듯이 말하네?"

"그, 그야……. 국가가 세워지면 근위대장은 저로 해 주신다고……."

"루크레치아도 있는데?"

"그 녀석은 엘란 왕국의 근위대장이니까요!"

"애쉬랑 귄터도 있고. 안톤도 할 수 있는데?"

살짝 심술을 부려 보자 에오는 입술을 질끈 깨문다.

옛날이었다면 당황하여 자기주장을 했겠지만 이제는 그냥 떼를 쓰기 시작했다.

"안 됩니다! 제가 할 거예요! 무조건입니다!"

"그래, 너 아니면 누가 하겠어."

그렇게 에오와 수다를 떨고 있을 때, 전령이 달려왔다.

수도 포위를 위해 적 병력이 본격적으로 진군하기 시작했다는 소식이었다.

그렇다는 건 즉, 쥬라스와 카이엔의 작전도 시작될 시기라는 뜻이었다.

빌랑의 군대는 쥬라스와 카이엔의 존재를 분명하게 의식하고 있었다.

그들이 돌연 나타날 경우를 대비해 측면에 대한 대비, 그리고 본토에 대한 대비를 갖추고 있었다.

그러나 그건 어디까지나 빌랑의 군대에 한한 일.

서방의 군대는 그들에 대해 큰 신경을 쓰고 있지 않았다.

케스퍼 밀리아스를 선행으로 보낸 뒤 6만의 군대를 조직한 서방은 막 빌랑의 영토로 넘어가려 하고 있었다.

그곳은 스벤너와 뷜랑의 국경선이었던 만큼 그들은 아무런 경계도 하고 있지 않았다.

그러니 갑작스러운 매복에 큰 혼란에 빠질 수밖에 없었다.

"적습! 적의 매복군이 우리를 포위하고 있습니다!"

"무엇이라고······!?"

군을 지휘하고 있던 한네만 노이어스는 경악하여 눈을 부릅떴다.

"어째서 이런 곳에 매복군이 있단 말이냐! 대체 어디의 군대야!"

"적의 기는 크로싱과 알바드! 두 국가의 군대입니다!"

"서, 설마······?"

쥬라스와 카이엔이 홀연히 사라졌다는 건 그도 들어서 알고 있었다.

그렇지만 크게 신경 쓰지는 않았다. 어차피 자신들과 상관없는 일이라고 생각했으니까.

그러니 그 군대가 대륙 반대편에서 나타날 줄은 꿈에도 생각지 못했다.

심지어 그 군의 규모가 10만을 넘었다.

"말도 안 돼······! 10만의 병력이 대륙을 가로질러 이곳에 매복을 했는데도 전혀 눈치채지 못했다고!?"

이는 쥬라스의 주특기인 정보전이었다.

쥬라스는 특무대의 모든 첩보 역량을 동원해 알바드, 발라스를 통과해 빌랑의 영토로 진입했다.

그 과정에서 방해가 되는 척후를 제거하고, 자신이 심어 둔 첩자를 통해 거짓 정보를 흘려 이목을 속인 것이다.

"그런……."

한네만이 뭣보다 놀란 것은 자신들 서방의 움직임조차 읽혔다는 점이었다.

지금 이곳에 매복을 했다는 건 자신들이 병력을 파견할 걸 적어도 2주 전에는 알았다는 뜻이니까.

"후퇴! 후퇴해라! 어서 이 사실을 알려야……!"

그러나 이미 너무 깊숙이 들어와 있었다.

카이엔은 빈틈없는 지휘로 서방의 군대를 포위. 그사이 쥬라스가 신들린 무위로 뚫고 들어가 한네만의 앞에 섰다.

"아, 아아……!"

과거 베카비아 전쟁에서 마주했었던 둘.

쥬라스는 조소했다.

"그때 그 조무래기였군. 가능하면 테토라 아니스트리가 걸려 줬으면 했는데 말이야."

한네만의 표정이 절망으로 물들었다.

쥬라스는 피식 웃고는 그를 기절시켜 포로로 잡았다.

그러곤 본격적으로 빌랑을 멸망시키기 위한 작전에 들어갔다.

# 4장

리안드를 침공한 뷜랑 군대의 사기는 하늘을 찌를 듯했다.

별다른 전투도 하지 않고 계속해서 영토를 차지하고 있었고, 상대는 수도에서 배수의 진을 쳤다.

세 왕자는 알스가 지키고 있는 수도 알펜서드를 포위하고 웃음을 터뜨렸다.

"천하의 웨이드라 할지라도 우리의 앞에선 순한 양이 돼버리는군."

"하하! 정말 그렇습니다, 형님."

"……."

3왕자 엘드릭만이 너무나도 쉬운 상황에 위화감을 느끼고 있었다.

'하지만 뭐지? 뭘 노리고 있는 거냐?'

쥬라스와 카이엔이 어딘가에 숨을 죽이고 있다면 지금쯤에는 나타나 줘야 했다. 그걸 대비해 측면에서의 습격만큼은 단단히 준비하고 있었다.

그러나 아무리 기다려도 나타나지 않았다. 모든 영토가 빌랑의 수중에 떨어지고 수도가 포위될 때까지.

수도의 방어는 좋긴 했지만 그래 봤자 함락은 시간문제였다.

알펜서드의 경우 성채 도시가 아니기 때문이다.

급조해서 벽을 세우며 요새의 형태를 갖추긴 했지만 크게 위협적이지 않다.

애초에 군량전으로 가면 길어야 두 달밖에 버티지 못할 터. 이대로 포위만 해도 승리할 수 있는 상황이다.

내일 아침 공격을 하기로 결정을 내리고 군영으로 돌아온 엘드릭은 곧장 케스퍼를 찾았다.

"찾으셨습니까, 왕자님."

"케스퍼, 서방의 지원은 언제쯤 도착하는 거지?"

"지금쯤 빌랑의 영토 내에 진입했을 겁니다. 한네만 님께서 보급로를 확고히 하며 진군을 하고 계십니다."

"숫자는?"

"6만 정도입니다. 절대 적은 수가 아니죠."

"으음……."

엘드릭은 마음이 편하지 않았다. 그 쥬라스가 누구란 말인
가.

'설마 서방의 군대를 노리는 건가?'

그러나 이 부분은 너무나도 비현실적이어서 본인이 생각
하고도 고개를 저었다.

6만에 달하는 서방의 군대를 단번에 잡아먹으려면 매복
외에는 방법이 없다. 그것도 수만에 달하는 병력을 빌랑의
영토 내부에 매복시켜야 한다.

'그딴 일이 가능할 리가 없어.'

그렇게 생각하면서도 쥬라스라면 할 수도 있지 않을까 하
는 의구심이 들었다.

"……케스퍼, 당장 서방의 군대에 전령을 보내라. 혹여나
의 매복을 조심하라고 말이야."

"매복이라니요? 말씀드렸지 않습니까. 한네만 님의 군대
는 빌랑의 영토를 지나고 있습니다. 그런 곳에 매복이 있을
수가 없지요."

"그건 그렇다만……!"

"조금 피곤하신 것 아닙니까?"

케스퍼는 멸시의 빛이 담긴 눈으로 물었다.

그는 매복을 주장하는 엘드릭에게 기가 찬 상태였다.

'번지르르한 명성만으로 십걸에 들어간 멍청이 주제에.'

케스퍼는 본인이야말로 십걸에 어울리는 인재라 생각했

다. 그런 그에게 엘드릭은 쓸데없이 자리만 차지하고 있는 떨거지에 불과했다.

엘드릭은 그런 케스퍼의 내심을 읽기라도 한 듯, 질문을 던진다.

"그렇담 케스퍼 네게 묻겠다. 쥬라스와 카이엔, 그 둘과 병력은 대체 어디로 간 것이냐?"

"몇 가지 경우의 수가 있습니다. 첫 번째로는 우리가 의식한 대로 우리의 옆구리를 찌르기 위해 숨어 있는 거죠. 알바드의 영토에 숨을 죽이고 있다가 기습을 가해 오는 겁니다."

"그래, 하지만 우리도 그걸 의식하여 리안드의 영토를 점령하며 조치를 취해 놨다. 지금에 와서는 그들이 기습을 가해도 대처를 할 수가 있지."

"리안드가 아니라 캘리퍼입니다. 그 부분은 확실히 해 주십시오."

"훗, 이미 캘리퍼는 멸망했다. 알스 일라인이 세운 리안드가 있을 뿐이지."

"왕자님……!"

"인정하고 싶지 않은 네 기분은 알겠지만, 지금은 내 물음에 답해라. 두 번째 경우는 무엇이지?"

"……빌랑 본토를 공격하는 것입니다. 알바드나 발라스 방면에서 남하하여 공격을 가해 올 가능성이 있습니다."

"그것도 대비가 되어 있다. 그 경우 지원을 오고 있는 서방의 병력을 방위군으로 전환하여 격퇴하기로 하였지."

"그렇습니다. 마지막 세 번째는 에우로페나 스벤너 방면으로 침공을 하는 것입니다만……."

"……잠깐만."

"예? 무슨 문제라도 있으십니까?"

"서방의 병력이 방위군으로 전환……? 그렇담 서방의 병력이 괴멸된다면 본토를 수비할 여력이 없어진다는 뜻이 되는 거지."

"그러니까 어떻게 서방의 병력을 괴멸시킨다는 겁니까. 그런 꿈에서나 있을 법한 이야기는 그만하십시오."

"아니, 아니다……!"

엘드릭은 그제야 확신을 했다.

"분명 그걸 노리는 거다! 젠장, 왜 이제 눈치챈 거지!?"

"그야 말도 안 되는 일이니까 그런 게 아니겠습니까? 애초에 놈들은 우리 서방의 군대가 진군하고 있다는 사실조차 모르고 있습니다. 설령 진군하고 있다는 사실을 알아도 어떤 방향으로 언제 진군하고 있는가를 적은 알 수가 없어요."

현실적으로는 불가능한 책략.

이 책략이 성공하려면 서방의 내부 사정을 훤히 알아야 할 뿐더러, 빌랑의 첩보망까지 완벽히 속여야 한다.

"그렇기에 그놈이 할 법한 책략이라는 거다! 어서 서방의 군대에 전령을 보내라! 그 자리에서 멈추고 매복군을 탐색하라고!"

"······."

케스퍼는 고개를 절레절레 흔들었다.

그러던 그때 전령이 달려 들어왔다.

"급보! 급보입니다!"

케스퍼는 눈살을 찌푸렸다.

"무슨 일이냐."

반면 엘드릭은 이미 한발 늦었다며 한탄했다.

케스퍼는 이어지는 보고에 눈을 부릅떴다.

"지원을 오던 서방의 군대가 상대 매복군에 의해 괴멸! 적군은 그대로 수도로 진군하기 시작했다 합니다!"

"뭐, 뭐라고······?"

적의 꽁무니를 찌른 매복 작전.

이렇게 되니 전황은 단번에 뒤집어졌다.

현재 리안드의 수도 알펜서드는 그래도 10만의 병력과 함께 항전 태세를 갖추고 있는 반면, 뷜랑의 수도는 완전히 무방비 상태였으니까.

눈에 띄게 당황하는 적 군영.

안톤이 속삭인다.

"작전이 성공한 모양이군요."

"그러게요."

쥬라스와 카이엔. 두 사람이 손을 잡으니 이런 말도 안 되는 책략마저 성공시켰다.

대륙 반대편으로 돌아가 매복을 하다니.

정상인이라면 생각할 수 없는 미친 작전이었다.

"안톤, 출격 준비를 해요. 만약 저들이 퇴각을 선택한다면 즉시 꽁무니를 잡을 겁니다."

"선봉을 저에게……! 영광입니다!"

에오가 자기도 선봉에 서고 싶다며 눈치를 줬기에 일리야 스승과 함께 안톤의 부대장으로 붙여 줬다.

'자, 이제 어떻게 할 거지?'

적에겐 두 가지의 선택지가 있다.

뷜랑 본토를 버리고 여기 알펜서드를 함락시켜 이곳에서 새로운 체제를 만드는 것과 퇴각하여 본토를 수비하는 것.

그러나 전자의 경우에는 국력의 근간이 되는 국민들이 대부분 크로싱으로 대피를 한 상황이기에 새로운 체제를 만든다고 한들 공허할 뿐이다.

그렇다고 퇴각을 하면 커다란 손해를 볼 게 분명하니 망설여진다.

마침 소식을 접한 헬리안 공작이 종종걸음으로 달려온다.

"알스! 그 소식이 사실인가!? 크로싱과 알바드의 군대가 적의 뒤를 잡았다고!?"

"그냥 잡은 게 아니죠. 적의 방위군을 쓸어버리면서 뒤를 잡았어요."

"허허! 말도 안 되는 작전이었군! 자네가 입을 다문 이유를 알겠어. 조금이라도 기밀이 새어 나갔다간 실패했을 테니까."

"그렇죠. 아마 쥬라스 쪽도 여러 작업을 했을 거예요."

군 내부에 첩자가 있을 수도 있으니 병사들이 스스로도 어디로 가는지 모르게끔 뺑뺑이를 돌리거나 한밤중에 진군을 시켰을 것이다.

아마 병사들은 자기들이 뷜랑의 영토에 매복하고 있다고는 생각지 못했을 거다.

"이렇게 되면 저들도 혼란스럽겠군! 남아야 하는가, 후퇴해야 하는가를 정해야 할 테니까 말이야. 하하하!"

묵은 체증이 풀린 듯 호쾌하게 웃어젖히는 헬리안.

그의 말대로 적진에 상당한 혼란이 빚어지고 있을 게 분명했다.

실제로 첩보가 들어온 지 하루가 지났음에도 저들은 결정을 내리지 못했다.

왕자들끼리 격론을 벌이며 의견을 통합하지 못한 것.

'체크메이트.'

이걸로 끝. 하루를 허비한 것이 저들에겐 치명적인 타격이 된다.

북부에서 크로싱의 2장군 놀락의 3만 군대가, 서부에선 알바드의 길리아스 멜번이 2만의 군대를 몰고 와 역으로 적들을 포위하기 시작한 것이다.

상대는 그제야 부랴부랴 후퇴를 시작했으나 안톤이 이끄는 기동대에게 타격을 받으며 발목이 잡히고 말았다.

"단 한 명도 돌아가게 두지 않겠다! 감히 우리 영토를 침범한 저들을 용서하지 마라!"

나는 공세로 전환하여 적들을 맹추격.

뷀랑의 군대는 각지로 흩어지며 해산. 그사이 쥬라스와 카이엔이 뷀랑의 수도를 떨어뜨리며 전쟁은 우리의 완전한 우세로 흘러갔다.

"젠장, 젠장, 젠장!"

케스퍼는 귀신같은 얼굴이 되어 있었다.

제대로 된 전투 한번 치르지 못한 채 패퇴하는 이 상황이 받아들여지지 않은 것이다.

"이렇게 될 거였으면 알펜서드에 총공세를 하는 게 나았잖아!"

그러나 뷀랑의 군대는 세 명의 왕자가 각각 지휘를 하는 형태였기에 의견 조율이 힘들었다.

　1왕자는 후퇴, 2왕자는 관망, 3왕자는 공세를 주장하며 하루를 허비하고 말았다.

　그사이 크로싱과 알바드에서 지원군을 보내오며 후퇴로 가닥이 잡혔지만, 너무 늦은 탓인지 리안드의 영토 내에서 발목이 잡히고 말았다.

　3만의 병력으로 엘드릭과 함께 이동하고 있던 케스퍼는 서둘러 빌랑으로 복귀하려 했지만 그런 그를 에오니아가 쫓아왔다.

　"하아앗!"

　콰콰콰콱! 에오니아의 창술은 눈에 띄게 향상돼 있었다.

　예전에는 그녀를 가르칠 만한 선생이 없어 그 재능이 정체돼 있었지만, 외부에선 엘레나와 미라벨이 있었다.

　특히 미라벨은 '에오, 너무 약해. 그거론 알스랑 애들 못 지켜.'라며 자존심을 자극해 그녀를 직접 훈련시켰었다.

　그 훈련의 덕으로 그녀는 막혀 있던 벽을 깨고 한 단계 높이 올라가 있었다.

　"에오니아 미라벨……!?"

　케스퍼는 경악하며 도주했으나 결국 따라잡히고 만다.

　그때 케스퍼의 최측근인 페드로가 나섰다.

　"케스퍼! 어서 도망가라!"

　"안 돼, 페드로! 돌아와!"

그에게 페드로는 생명의 은인이자 유일한 친구였다. 캘리퍼에게 버림받고 추격을 받던 와중에 만난 귀인.

유일하게 마음을 터놓을 수 있는 인물이었다.

그런 페드로가 목숨을 바쳐 자신을 도주시키려 하자 케스퍼는 자기도 모르게 눈물을 흘렸다.

"으아아앗! 덤벼라! 내가 바로 페드로이니라!"

페드로는 에오니아를 상대하며 뛰어난 무예를 보여 주었다.

"……!"

그 기세에 밀린 것일까, 도무지 막을 수 없을 것 같았던 에오니아의 기세가 주춤한다.

"페드로……!"

눈물을 삼키며 도주하는 케스퍼.

그런 그의 앞을 일리야가 막아섰다.

"일리야 안페이……!"

"정말 기구한 운명이군. 동정하마."

"이익……!"

케스퍼는 어떻게든 반항을 해 보려 했으나 팔이 하나밖에 없는 그의 공격은 우스울 뿐이었다.

일리야는 가볍게 케스퍼를 제압.

생포한 그대로 알스에게 끌고 간다.

패퇴하기 시작한 빌랑의 군대.

내가 한 역할은 뒷정리에 불과했다. 이번 전쟁은 전적으로 쥬라스와 카이엔이 설계하고 주도한 것이었으니까.

다만 뒷정리라고 해도 쉬운 건 아니었다.

일단 한번 적의 수중에 떨어졌던 영토를 수복해야 했기 때문이다.

그와 함께 크로싱에 피난시켰던 시민들을 고향으로 복귀시켜야 했고, 그 과정에서 소모되는 식량이나 생필품 같은 문제들을 떠안아야 했다.

그 일을 처리해야 했던 우리 내정 관료들은 죽어 나가고 있었다.

"알스……. 잠깐만, 잠깐이라도 자게 해 줄 수 없냐?"

올라프가 핏발이 선 눈으로 물었다.

"안 돼요. 잠을 자고 일어나면 몇 배로 일이 밀려 있을 거라고요."

"큭! 이럴 줄 알았으면 나도 엘란 왕국에 남는 건데……!"

"말할 시간이 있으면 어서 일해요. 메이센, 이걸 검토해 줘요."

메이센도 올라프의 도우미로서 일을 하고 있었다. 미소를 지으며 올라프에게 서류와 함께 차를 내주는 걸 보면 어색함은 사라진 모양이었다.

그러던 차, 영토 분배 문제로 알바드에서 사절이 도착했다.

크로싱은 혈맹의 관계에 있기도 하고, 파라인 국왕이 전폭적으로 지지해 주고 있었기에 뷜랑에게서 뺏은 영토를 전부 우리에게 주기로 했지만, 알바드는 아니었다.

사신으로 온 알바드의 장군 길리아스 멜번은 언짢은 표정으로 그 부분을 언급했다.

"우리 국왕 폐하께선 뷜랑의 영토를 내주는 대신, 발라스의 영토를 받고 싶어 하신다."

중립국 발라스. 이전에 주요 무대가 됐던 지역이었다.

이제는 중립국이라는 이름이 무색해져 사실상 크로싱의 속국인 곳이다.

"뷜랑의 영토를 전부 내준다는 겁니까?"

"그래."

"흠."

선심 쓴다는 듯이 말하고 있지만 속내는 간단했다.

본래 영토를 빼앗는다는 건 점령기만 꽂는다고 되는 게 아니다. 지역의 치안을 유지하고 반란의 싹을 잘라야 끝이 난다.

뷜랑의 영토가 굉장히 넓으니 안정적인 평정에만 1년 이상이 소요될 수도 있었다.

알바드는 그러느니 뷜랑 영토를 전부 주고 이미 치세가 안정된 발라스 영토를 받고 싶어 하는 것이다.

　"미안하지만 그렇게 할 순 없습니다. 알바드도 함께 뷜랑의 영토를 평정해 줘야겠어요. 길리아스 멜번, 당신도 알고 있지 않습니까? 곧 서부와의 큰 전쟁이 있을 거예요. 그런 와중에 영토를 평정하고 있을 순 없습니다. 그러니 알바드도 뷜랑 평정에 힘을 보태 줘야 해요."

　"하지만 우리 알바드가 뷜랑의 영토를 합병할 경우 국경선이 복잡해진다. 우리의 영토가 너희 리안드의 앞을 막아 버리겠지. 그래도 괜찮다는 거냐?"

　"지금은 아직 구체적으로 논의되고 있지 않지만, 삼국이 패권을 잡을 경우 점진적인 통합이 이뤄질 겁니다. 국경선은 의미가 없어요."

　"너희 리안드와 크로싱은 그럴 수도 있겠지. 제도적으로 비슷한 부분이 있으니까. 하지만 우리 알바드는 달라. 너희들이 없애고 있는 귀족 제도가 여전히 뿌리 깊게 자리 잡고 있다."

　"당신은 어떻게 하고 싶죠, 길리아스 멜번…… 백작?"

　"그건 무슨 뜻으로 물어보는 거지?"

　"별 의미는 없습니다. 다만, 강렬한 흐름은 거스를 수 없어요. 이 흐름을 억지로 거스르려 든다면, 떠밀려 내려갈 수도 있다고 말하고 싶을 뿐입니다."

"잘도 말하는군. 그러면서도 협력을 바라는 거냐?"

"올바른 선택을 하기를 바랄 뿐입니다."

"흥, 이 이야기는 여기까지 하지. 네 생각은 잘 알았다. 국왕 폐하와 논의를 하도록 하지."

철컥! 갑옷 소리를 내며 떠나가는 길리아스.

알바드에 관한 일은 나도 아직은 확신하고 있지 못했다.

다만 알바드, 베키비아, 크로싱은 펜실론 제국 말로른 공작가라는 하나의 뿌리를 공유하고 있다.

그런 만큼 파라인 국왕이 나서서 설득을 한다면 완만한 병합이 불가능한 것도 아니었다.

"휴우! 그렇다 해도 빌랑의 영토를 병합해야 한다니. 일이 수십 배로 늘어나겠는데?"

올라프의 앓는 소리가 벌써부터 들리는 것 같았다.

알현실을 나온 나는 겸사겸사 휴식을 취하기 위해 별실로 향했다.

그곳에서 에리나가 아버지 길버트 살레온과 대화를 나누고 있었다. 길버트의 부인도 함께였다.

길버트는 권력 욕심을 낮췄는지 홀가분한 표정을 짓고 있었다. 조금은 부풀어 오른 에리나의 배를 보며 희미하게 웃고 있었다.

나는 슬그머니 그들을 놔두고 자리를 떴으나 에리나는 눈치를 챘는지 급하게 뛰쳐나왔다.

"알스 님!"

종종걸음으로 다가온 그녀는 내 가슴에 얼굴을 묻고는 감사 인사를 전했다.

"아버님의 목숨을 살려 주셔서 감사해요."

"응······. 그래도 언제까지 이곳에 있게 할 순 없어."

솔직히 말해 그의 업무 처리 능력이 탐나기는 했다. 지금은 고양이 손이라도 급한 상황이니까.

그러나 아무리 그래도 반란군의 수괴를 왕국에 내버려 둘 순 없었다.

"그것에 관해서입니다만, 엘란 왕국으로 보내는 건 어떤가요?"

"엘란 왕국으로?"

"그쪽도 전쟁 문제로 여러 내정 문제가 쌓여 있었거든요. 아버님이라면 분명 도움이 될 거예요."

"그치만······."

"만약 아버님이 재차 반란을 일으킨다면 제 목숨으로 갚겠어요."

"뭐야, 그게. 나는 좋은 게 하나도 없잖아. 어휴, 알았어. 대신 감시를 위해 특무대 사람을 하나 붙일 거야."

"감사합니다! 정말로······!"

에리나는 더 하고 싶은 얘기가 있는지 계속 내 뒤를 따랐다. 그녀의 발걸음에 맞춰서 느리게 걷고 있자니 군복을 차려입은 남자가 다가왔다.

"알스."

"퍼지 형님!"

율리아 누나의 쌍둥이 오빠인 퍼지 일라인.

베카비아 전쟁에 종군하다 크로싱에 머물고 있던 그가 왕궁으로 돌아온 것이다.

"훗, 정말 오랜만이구나. 3년 만인가?"

"그 정도가 됐네요."

"오다가 아버지에게 이야기는 들었어. 율리아가 애를 낳았다고?"

"보면 깜짝 놀라실 거예요. 그보다 형님도 꽤 변하셨네요."

예전엔 그래도 귀족가 자제 느낌이 있었다면 이젠 거친 야성이 느껴지는 천생 군인의 모습이 됐다.

"나도 여러 경험을 했으니까. 최근엔 크로싱의 특무대와 함께 훈련을 했어. 정말이지 엄청난 곳이더군."

"하하……. 고생하셨어요. 일단 부대에 복귀를 하실 건가요? 그러면 편제를 새로이 받으셔야겠네요."

"그래야겠지."

"승진이 기다리고 있을 거예요. 살레온 반란군에 가담하지 않고 병력을 회유한 점도 그렇고……."

"그것에 관해서다만, 알스 부탁이 있다."

"예?"

"알티오르 살레온 대장군님을 사면해 줄 수 없겠니?"

우리는 자리를 옮겨서 얘기를 이어 갔다.

에리나는 자기 가족에 대한 얘기가 나와서인지 차를 내오겠다며 억지로 합석을 했다.

"알티오르 살레온의 사면입니까……."

"그분은 권력에 대한 욕심으로 반란군을 지휘한 게 아니야. 그저 가문의 의지를 따른 거지."

"그게 그거인 거예요."

엘란 왕국으로 추방하기로 결정한 길버트의 경우에도 사면을 받은 건 아니었다. 잘못을 그대로 안은 채 유배를 가는 것이었다.

퍼지 형이 주장하고 있는 건 반란 혐의에 대한 사면이었으니 쉽게 받아들이기 힘들었다.

퍼지 형은 이해를 한다는 듯 고개를 끄덕였다.

"어려운 일이라는 건 알아. 하지만 이게 우리 군인들의 뜻이야."

"군인들의 뜻……?"

"살레온 공작 가문의 죄는 우리 군인들도 잘 알고 있어.

다만 한편으론 알티오르 장군님이 이런 불명예를 안고 떠나서는 안 된다고도 생각하고 있지. 그래서 수많은 장교들이 내게 부탁을 한 거야. 알스 네게 직접적으로 말할 수 있는 건 형제인 나밖에 없으니까."

"흠……."

"한 가지, 나도 그분에 대해 얘기하고 싶은 게 있어."

퍼지 형은 내가 엘란 왕국에 가 있던 2년간, 자신이 헬리안 계파라는 이유로, 내 형제라는 이유로 받은 차별을 얘기했다.

"알티오르 장군님은 그런 나를 보호해 주셨지. 혹여나 불이익을 받지 않도록 말이야. 이번 반란 건에서도 내가 뜻을 함께하는 장교와 병사 들을 이끌고 탈영을 할 때도 눈감아 주셨어. 추격군을 보내려면 충분히 그랬을 수도 있었는데 말이야."

슬쩍 에리나를 보니 눈동자를 이리저리 굴리며 눈치를 보고 있다.

"……알겠습니다. 긍정적으로 검토해 볼게요."

이런 내 대답이 사실상 승낙이라는 걸 알고 있는 둘은 표정을 밝혔다.

퍼지 형은 안도한 듯 한숨을 쉬고는 흐뭇하게 웃는다.

"알스 넌 왕이 돼서도 여전하구나. 여전히 내 자랑스러운 동생이야."

나는 퍼지 형에게 새로이 부대를 배속해 주기 위해 함께 군부로 향하기로 했다.

그러던 도중 유미르와 혼나고 있는 류나, 에오니아와 마주쳤다.

아무래도 류나가 에오에게 과자를 만들어 달라고 떼를 쓴 모양이다. 그걸 마음 약한 에오가 들어줘서 나란히 유미르에게 혼나고 있는 것.

"으아아앙!"

"미, 미안해, 유미르. 류나가 너무 배가 고프다기에."

"그걸 속으면 어떡합니까! 에오, 당신이 계속 속으니까 류나가 당신만 보면 떼를 쓰는 거예요!"

퍼지 형은 그 광경에 눈을 휘둥그렇게 떴다.

유미르도 그제야 우리를 눈치챈 모양이었다.

"도련님! 퍼지 도련님도……!"

류나는 기다렸다는 듯 내게 달려들었다.

"아빠! 으아아앙!"

내 바짓가랑이를 붙잡고 눈물 콧물을 짜내는 류나.

퍼지 형이 너털웃음을 흘렸다.

"이 애가 너희 둘 사이의 아이구나. 하하하! 정말 둘을 쏙 빼닮았는걸?"

스윽! 스윽! 퍼지 형은 류나의 머리를 쓰다듬었다. 보통이면 낯가림을 하며 피했겠지만, 지금은 이미 울며불며 난리가 난 상황이었기에 딱히 몸부림을 치지는 않았다.

류나에게 붙잡힌 나는 어쩌지도 못하고 있었다. 이대로 군부에 갈 수도 없었으니까.

그러다 안톤이 나타나 내 대신 퍼지 형을 군부로 데려갔다.

"어휴, 아기가 우는 걸 먼저 보여 주다니. 퍼지 형이 뭐라고 생각했겠어."

"면목 없습니다……."

"마음대로 과자를 먹어서 혼내고 싶은 건 알겠는데, 너무 그러지 마."

"웃……."

내게 혼이 나는 건 처음이었기에 유미르도 동요를 보였다. 꼬리가 축 늘어지고 침울한 기색을 보인다.

그러자 울고 있던 류나가 당황했다.

"엄마 잘못 없어!"

"뭐?"

"류나 잘못이야! 엄마 잘못 없어!"

오히려 유미르를 지켜 서서 변호를 했다.

유미르를 더 혼내면 울겠다는 듯 눈망울이 글썽인다.

"음, 그러면 앞으로 과자 먹고 싶다고 다른 엄마한테 떼쓰고 그러지 않을 거야?"

"……웅!"

고민의 시간이 꽤 길긴 했지만 어쨌든 고개를 끄덕인다.

"그러면 알겠어. 엄마 혼내지 않을게."

류나는 안심한 듯 유미르의 치맛자락을 잡았다. 유미르는 행복한 미소를 지으며 류나를 꼭 끌어안았다.

에오도 그 모습을 흐뭇하게 바라보다가 문득 생각난 게 있는지 내게 말한다.

"알스 님, 그자에 대한 얘기는 들으셨습니까?"

"그자라니?"

"길버트 살레온과 함께 일리야가 생포한 외팔의 남자 말입니다. 케스퍼 밀리아스라고 했나요? 그 녀석의 대한 처분은 결정하셨나요? 처형을 할 거라면 얘기를 해 두겠습니다."

"아, 그 녀석 말이지……. 그거라면 내 관할이 아니야."

"관할이 아니라니요? 그게 무슨……?"

"그런 게 있어."

오히려 처형을 할 수 있으면 그렇게 했을 거다.

그게 그 녀석에게 있어 유일한 안식일 테니까.

군부 감옥에 갇혀 있던 케스퍼는 비참함을 숨기지 못했다.

"빌어먹을! 빌어먹을 뷜랑!"

그는 이번 패전이 모두 뷜랑의 탓이라고 생각했다. 실제로는 서방의 군대가 잡아먹혀 패전을 한 것이었지만, 케스퍼는 그 모든 것이 빌랑 내부에 침투해 있던 첩자가 정보를 흘려서 발생한 일이라고 여겼다.

"이럴 줄 알았으면 내가 직접 서방의 군대를 지휘하는 거였는데……!"

그랬다면 이런 굴욕을 당할 일도 없었을 것이다.

케스퍼는 어떻게든 탈출을 하고자 기회를 엿보고 있었다.

"이봐, 그 얘기 들었어?"

그때 들려온 간수병들의 대화에 귀를 기울였다. 이곳은 중요 인물을 감금하는 곳이었기에 간수들도 군부의 핵심 장교들이었다.

"무슨 얘기를 말하는 건데?"

"퍼지 일라인이 군장으로 승격한다나 봐!"

"그야 국왕의 형제잖아. 뭐, 실력도 있는 편이고. 반란 때 동료들을 이끌고 반기를 들었었잖아. 솔직히 좋은 녀석이지. 그래서 이번에 장교들의 부탁으로 알티오르 장군님의 사면에 대한 탄원을 전하러 국왕을 찾아갔다던데."

"반란군의 장수를 사면한다고?"

"사실 우두머리는 길버트 님이었잖아. 알티오르 장군님은 아들의 야망에 휘둘린 것뿐이지. 그분이 반란을 일으킬 만한 분이냐?"

"뭐, 그렇긴 하지. 그치만 사면은 아무리 그래도 불가능하지 않을까 싶은데."

"그게 또 얘기가 다르더라고. 에리나 살레온이라고 알지?"

에리나의 이름이 나오자 케스퍼의 눈이 부릅떠졌다.

"에리나? 알지! 그란셀의 재녀라 불렸었잖아."

"그녀가 알스 폐하의 아이를 임신했다나 봐."

"진짜로!? 뭐야 그럼, 살레온 공작가도 기사회생인가?"

"그런 건 아니겠지만, 적어도 처분이 가벼워지긴 하겠지. 알티오르 장군님의 사면도 비현실적인 얘기는 아닐 거야."

"휴우! 다행이네, 알티오르 장군님이 그런 불명예를 안고 가시는 게 마음에 걸렸었는데. ……아, 시간이 됐나 보네."

"……그렇군, 가자고."

부들부들! 굴욕감에 가득 찬 케스퍼는 피가 날 정도로 주먹을 꽉 쥐었다.

눈앞의 시야가 흔들리는 듯한 착각을 느꼈다.

그때였다.

"케스퍼, 케스퍼!"

"……!?"

케스퍼는 돌연 감옥을 찾아온 남자를 보고는 눈을 의심했다.

"페드로!? 살아 있었나! 그보다 어떻게 여기에……!"

"운 좋게 빠져나왔어. 그보다 어서 이곳에서 나가자!"

"하지만 간수들이……!"

그러나 아까까지 잡담을 나누고 있던 간수들이 지금은 보이지 않았다.

페드로가 다급히 말한다.

"그들은 지금 다음 간수에게 인수인계를 하기 위해 자리를 비웠어, 빠져나가려면 지금뿐이야!"

케스퍼는 그 이상 냉정하게 생각할 겨를이 없었다.

그저 자신의 심복 페드로가 목숨을 걸고 자신을 구해 주러 왔다고밖에 생각하지 못했다.

요동치기 시작한 대륙의 정세.

우리 리안드는 뷜랑의 영토를 평정하며 세력을 넓혔다.

이 과정은 의외로 순탄했다.

뷜랑이 최근 3년간 혼란했던 탓인지 귀족들의 폭거가 여기저기 있었던 것.

그런 지역의 국민들은 그 귀족을 쫓아내 준 우리 리안드를 쌍수를 들며 환영했다.

하여 우리는 그런 귀족들의 영토 위주로 통합을 하고, 다른 쪽은 알바드가 통합하기로 했다.

이 과정에서 크로싱이 남부에 가지고 있던 영토까지 받아내면서, 우리 리안드의 영토는 초강대국 중 하나로 불릴 정도로 커지게 됐다.

그렇게 평정이 진행되고 있는 사이.

나는 중립국 발라스의 수도 플라톤으로 향해 회담을 가지기로 했다.

그곳에 알바드의 국왕 아이작 멜버드와 카이엔이 기다리고 있었다.

"안녕하십니까, 멜버드 국왕님."

"……."

아이작은 가라앉은 눈으로 나를 지그시 응시했다.

"그런가, 이제 보니 알 것 같기도 하군. 확실히 리즈나를 닮았어."

"저희 어머니에 대해 알고 계신 바라도……?"

"알다마다. 당찬 여성이었지, 정략결혼의 도구로 쓰이기엔 아까운 아이였어."

"정략결혼……?"

아이작은 카이엔의 눈치를 보며 말을 이어 간다.

"당시 펜실론이 혼란한 상태였다는 건 잘 알고 있겠지?"

"예……. 알고 있습니다."

"그런 상황이 되니 황가에서 군부의 반란을 의식하고 있었어. 그럼 어떻게 했겠나?"

"군부의 인사를 축출하거나 자기편으로 만들려 했겠죠."

"카이엔 선생님은 당시 펜실론 군부에서 두각을 드러내며 순식간에 대장군의 자리를 꿰찬 인재였어. 그러니 황가 쪽에서 정략결혼을 주선해 관계를 돈독히 하려 한 거야."

나는 그런 사실보다도 국왕이 자신의 가신을 선생이라 부르는 게 더 신기했다.

'뭐, 나도 일리야 스승을 가신으로 두고 있으니 비슷한가?'

어쨌든 뒷사정은 알 것 같았다.

아이작은 다리를 꼬며 말한다.

"그래서, 형님은 언제 오시는 거지?"

"곧 오실 겁니다."

말이 끝나기 무섭게 쥬라스와 파라인 국왕이 나타났다.

파라인 국왕은 수개월 새에 더 늙어 있었다. 가지고 있던 지병이 악화된 모양이다.

혹시 그 지병의 치료법이 외부 세계에 있을지도 모르는 상황이었기에 조만간 마강석이 도착하면 외부 세계로 요양을 갈 예정이었다.

이후의 국정 운영은 쥬라스에게 맡긴다고 한다.

파라인 국왕의 나이를 생각해 봤을 때, 오늘이 왕으로서 그의 마지막 정무가 될 수도 있었다.

"오오……. 오랜만이구나, 아이작."

"많이 늙으셨군요, 형님. 돌아가시기 직전의 아버님을 보는 것 같습니다."

"너야말로, 숙부님을 쏙 빼닮았어. 그립군……."

"……그 녀석은 오지 않은 겁니까?"

베카비아의 국왕이었던 동생을 말하는 것이었다.

파라인은 고개를 흔들었다.

"베카비아가 멸망한 뒤 몸 상태가 악화돼 세상을 떠나고 말았다. 그래도 걱정 마라, 그 녀석의 핏줄은 계속 흐르고 있으니까. 그것이 시대가 흐른다는 거겠지."

"하하! 노인들은 시대의 뒷전으로 물러날 시기라는 거군요."

"그런 뜻이지. 아이작, 네게는 아직도 야망이 남아 있느냐? 그 불꽃이 있느냔 말이다."

"……."

아이작은 침묵하더니 고개를 흔들었다.

"없습니다. 이 나이가 되니 여러 가지가 허무해지더군요. 욕심을 가지고 알바드라는 나라를 세웠으나 지금 내 손에 남아 있는 건 무의미한 권력뿐……. 이젠 자식들이 왕위 다툼을 하는 걸 지켜봐야 하는 역할밖에 남지 않았습니다."

"훗, 그렇담 모든 것을 내려놓거라. 내려놓고 여생을 편안하게 즐기도록 하자꾸나."

"여생…… 말입니까?"

"나는 마법이 있다는 저쪽 세계에서 남은 날을 보낼 생각이다. 저세상으로 가기 전의 좋은 추억이 되겠지."

"……정말로 마법의 세계라는 게 있는 겁니까? 저는 아직도 믿기지 않습니다."

"쥬라스."

그러자 쥬라스는 손을 휘적이더니 마법을 시연해 보였다.

휘황찬란한 색으로 흘러가는 마나. 그러더니 근처에 있던 트레이에서 쟁반이 떠올라 이동해 왔다.

그 쟁반에 있던 주전자가 차를 따르고, 찻잔이 두둥실 떠올라 둘의 앞에 놓인다.

아이작 국왕은 휘둥그렇게 뜬 눈으로 이 광경을 멍하니 보고 있었다. 카이엔의 눈빛에도 이채가 흘렀다.

놀라기는 나도 마찬가지였다.

'뭐야? 어떻게 마법을 쓰는 건데?'

이 세계는 질서의 오메론이 쳐 놓은 모종의 결계로 인해 마법을 사용하기가 힘들다. 마나를 쥐어짜 내고 쥐어짜 내야 겨우 기초적인 마법을 쓸 수 있는 정도.

그런데도 쥬라스는 별거 아니라는 듯 마법을 시전했다.

"과, 과연. 이런 건 듣도 보도 못한 마법이긴 하군. 우리가 아는 건 신성마법 정도밖에 없는데……."

"조금은 믿을 생각이 들었느냐?"

"믿지 않을 수가 없군요."

아이작은 고개를 여러 번 끄덕였다.

"저도 형님을 따라가겠습니다. 내 자식들 간의 피 튀기는 싸움을 보느니 그게 나을 것 같다는 생각이 드는군요."

아이작 국왕은 왕위 계승권이 없고, 왕위에 관심이 없는 아들과 딸 들을 데리고 저쪽 세계로 가기로 결심을 했다.

두 국왕은 과거의 추억에 잠겨 보고 싶은지 밖으로 향했다. 이곳 플라톤은 구 펜실론 제국의 수도이자 고향이었던 만큼 그들에게도 감회가 깊은 모양이었다.

그런 그들과 연배가 비슷한 카이엔은 씁쓸하게 웃었다.

"나도 쉴 수만 있다면 쉬고 싶구나."

이에 쥬라스가 냉소한다.

"능력 있는 자는 죽을 때까지 부려 먹히는 법입니다. 운명을 받아들이시지요, 선생님."

"시끄럽다! 노인네는 노인네답게 뒷짐이나 지고 있을 테니 너희들이 이끌어 나가도록 해라."

우리는 지도를 펼쳐 놓고 앞으로의 작전을 짜고 있었다.

나는 지도를 가리키며 말했다.

"이렇게 되면 대륙의 중앙과 북동, 남동, 남부는 우리가 가져가게 됩니다."

그 규모는 대륙의 2/3 수준이었다. 이미 대륙의 절반 이상을 차지한 것이다.

다만 문제도 있었다.

"그러나 불안 요소는 많습니다. 뺏어 낸 뷜랑의 영토를 안정화시키려면 못해도 1년의 시간이 필요할뿐더러, 뷜랑의 왕족들이 대거 스벤너와 서방으로 망명을 해 버렸어요. 훗날 그들이 뷜랑의 영토를 공격해 왔을 때, 잔존해 있는 뷜랑의 귀족들이 그에 동조한다면 커다란 혼란이 벌어질 겁니다."

이때는 아마 전면전쟁이 될 가능성이 높기에 크로싱도, 알바드도 우리를 도우러 올 여력은 없을 것이다.

카이엔이 고개를 끄덕이며 내 말을 받았다.

"크로싱은 북부에서, 우리 알바드는 중부에서, 그렇담 리안드는 남부에서 싸워야겠지. 구도상 서방 민족이 남부를 노리려 할 것이 뻔하다."

"예, 그리고 한 가지 더."

나는 적 진영에 있는 모신과 그의 측근 캘버린이란 자에 대해 얘기를 했다.

카이엔은 세계에 얽힌 비밀을 듣자 오묘한 표정을 지었다.

"드래곤? 신화에나 나오는 존재가 실존하고 있다는 게냐?"

모신과 부신에 관한 더 옛날얘기까지 들려주자 카이엔은 따라가지 못하겠는지 고개를 흔들었다.

"됐다, 그런 것까지 알고 싶지는 않으니, 캘버린이라는 자에 대해서만 말해 다오."

"간단히 말하면 바깥 세계의 대영웅입니다. 과거에 이름을 떨쳤던 장군이죠."

"바깥 세계의 대장군이라. 그거 흥미롭구나."

"저도 그의 실력에 대해선 아직 모릅니다만, 주의를 기하는 게 좋을 것 같습니다."

까깍! 까딱! 쥬라스는 발끝을 흔들어 건들거리며 말한다.

"모신이나 캘버린에 대해선 뭐, 전쟁을 이기면 알아서 실마리가 보일 테니 신경 쓸 필요 없습니다. 그것보단 툰카이 전쟁을 어떻게 다뤄야 할지를 논의하는 건 어떻습니까?"

스벤너와 에우로페에 의해 침공을 받고 있는 툰카이에 관한 이야기였다.

"툰카이를 지원하느냐, 그도 아니면 방관하느냐. 둘 중 무엇을 선택하느냐에 따라 전쟁의 전체적인 구도가 달라질 겁니다."

툰카이를 지원할 경우엔 그 이후 곧바로 스벤너, 에우로페와의 전쟁으로 이어질 가능성이 크다.

현재 우리도 빌랑 지역의 평정으로 고생을 하고 있는 와중이었으니 툰카이를 지원하는 건 커다란 부담이 된다.

"그 대신 서방은 얌전히 있을 겁니다. 우리의 매복에 당한 피해를 수복하기 바쁠 테니까요."

"그렇지만 장기전이 될 경우엔 서방도 참전을 할 거예요."

그럼 다른 방법은 툰카이의 멸망을 관망하는 것이다.

이 경우 정비를 마친 서방이 대대적으로 침공을 해 오겠지만 메리트도 있다.

쥬라스가 말한다.

"그 시점엔 에우로페와 스벤너가 우리와 같은 상황이 될 겁니다. 툰카이 지역 평정으로 인해 혼란을 겪겠죠. 그 반면 우리는 빌랑의 평정을 끝내고 태세를 갖추고 있을 테죠."

카이엔은 생각할 것도 없다며 고개를 끄덕였다.

"툰카이는 오히려 스벤너의 손을 빌려 멸망시키는 게 낫다. 그래도 너무 빨리 멸망하면 좋지 않으니, 농성에 필요한 물자를 지원해 주도록 해라. 전쟁이 최대한 길어지게끔 말이야."

"알겠습니다. 알스, 당신도 이견은 없겠지요?"

"없습니다."

역시 출중한 사람들이 모이니 결론도 빠르게 지어졌다.

우리는 스벤너가 툰카이를 멸망시킬 때까지 내실을 다지며 관망하기로 결정.

그렇게 마지막 전쟁을 위한 준비에 들어갔다.

1년간 내정을 다지기로 한 만큼 내정 관료들을 많이 뽑아야 했다.

이 채용에는 빌랑의 평민 출신 인사들을 많이 뽑았지만,

핵심 인재는 여전히 부족했다.

나는 어쩔 수 없이 소피아와 루트거, 비스케타를 데려오기로 결심한 상태였다.

'저쪽의 전쟁이 어떤 상황인지를 알고 싶은데……'

가장 최근에 온 크로싱의 특무장교가 보고하길 꽤 괜찮은 상태라고 했다.

연맹 내부에서도 던전이 창궐한 지금 시점에 엘란 왕국과 전쟁을 치르는 것에 대해 회의적인 여론이 있었던 모양인지 기세가 주춤했다는 듯하다.

그와 더불어 희소식이 하나 더 있었다.

동대륙의 올킨 쪽에서 막대한 양의 마강석을 지원해 준 것이다.

수천 년간 버려져 있던 동대륙에는 마강석의 잔존량이 상당했다.

여기에 엘프들의 섬과 수인들의 섬에서도 보유하고 있던 마강석을 지원해 주면서 대륙 간 이동이 더 쉬워졌다.

물론 공짜는 아니었다.

올킨의 경우에는 이종족 보전을 위해 동대륙이 새로이 번성할 때까지 간섭하지 말 것을 요구했으며, 엘프들은 대륙 내의 터전을 요구했다.

수인들의 경우엔 섬을 떠나 동대륙에 터전을 잡을 수 있도록 지원을 원했다.

어쨌든 그 덕에 이동이 자유로워졌다.

나는 떠나기로 한 아이작 국왕, 파라인 국왕과 함께 겸사 겸사 같이 갔다 오기로 했다.

국정 운영은 올라프와 헬리안 공작에게 맡겨 두면 충분했 으니까.

그 올라프라고 하면 원망의 눈빛으로 날 바라보고 있었다.

"알스……!! 날 버리고 가시겠다……?"

"버리고 간다뇨, 다 당신을 위한 거예요."

"날 위한 거라니? 이게!?"

"소피아와 비스케타 씨를 데려올 거거든요. 그 둘이 오면 당신의 부담도 크게 줄어들 겁니다."

"그건 알지만, 그렇다고 너까지 갈 필요는 없잖아!? 너만 휴가를 가기야?"

"……훗."

"지금 웃었지!? 역시 휴가 가는 거 맞잖아!"

"부정하지는 않겠습니다만, 그래도 양국의 국왕을 에스코 트하는 거잖아요. 제가 가야 체면이 살지 않겠어요?"

"크윽……! 최대한 빨리 돌아와 줘. 정말 힘들다고!"

그 유들유들한 올라프가 이런 소리를 할 정도로 업무량이 많긴 했다.

"돌아올 때 율리아 누나랑 아기도 데려올 테니까, 그걸 기대하면서 기다려요. 그때까진 메이센이랑 더 시간을 보내요."

"……."

그러자 올라프는 왜인지 침묵했다.

"왜 그래요?"

"그게…… 너한텐 말 안 했는데."

"……?"

"메이센이 임신했어."

"……."

"손이 굉장히 빠르네요."

"네가 할 말은 아니지."

그것도 그랬다.

"아무튼 알겠어. 어휴, 2년간 쉴 대가라고 생각하지 뭐."

"옙, 그럼 수고해 주세요."

이왕 이렇게 된 김에 다른 사람들도 만나 보기로 했다.

저쪽 세계에 가는 데에 여유가 생긴 만큼, 다른 사람들에게도 권유를 할 생각으로 왕궁을 한번 돌아보기로 한 것이다.

왕궁은 새로이 채용한 관리들로 북적이고 있었다.

그리고 그런 관리들 중에 혹시나 첩자가 있을 수도 있는 만큼, 헬리안 공작이 운용하는 특무대의 사람들과 근위대원들이 눈에 불을 켜고 감시를 하고 있었다.

그중 근위대장을 맡고 있는 에오니아는 근엄하게 서서 다른 이를 노려보고 있었는데, 관리들은 그에 위축되기보단 홀린 듯이 그녀를 바라봤다.

'에오는 타고난 신비로움이 있으니까…….'

그래서인지 사람들의 선망을 받았다. 지나가는 시종들은 그녀를 훔쳐보기 바빴고, 시녀들은 말을 걸어 볼까 하며 소곤거렸다.

"에오, 잘하고 있어?"

"알스 님! 호위도 없이 돌아다니시다니, 그러면 안 됩니다!"

"왕궁 안인데 뭘. 게다가 보이지만 않을 뿐이지, 근처에 다 있어. 그보다 지금 바빠?"

"바쁜 건 아닙니다만……."

"그럼 잠깐 걷자."

"……옛!"

에오는 각을 잡아 대답을 했지만 내심은 싱글벙글한지 입꼬리가 풀어진다.

걸으며 단둘이 되자 표정을 부드럽게 바꾼다.

"근위대의 일에는 적응했어?"

"당연하지, 쿠라벨에서도 하던 일인걸."

"그땐 명예직이었다며. 비스케타가 그랬어. 하기야, 그 당시의 쿠라벨에 첩자나 불온 분자 같은 게 있었을 리 없었으니 딱히 할 일이 없었겠지."

"그, 그건 그렇지만 난 언제나 정말로 적이 올 수 있다는 생각으로 진지하게 일했는걸."

"뭔가 상상이 되네. 주변은 아무것도 없이 평화로운데 에오 너 혼자만 난리를 피웠을 것 같아."

에오는 아랫입술을 깨물며 투정을 부리듯 노려본다.

"알스? 가끔씩 생각하는데, 나에 대해 어설프다거나, 철부지라거나 그런 식으로 생각하지 않아?"

"……."

"알스!"

"아니 뭐, 그것도 너만의 매력이라고 생각하긴 하는데?"

"으으……!"

"그걸 굳이 부정할 필요는 없지 않을까? 선조인 미라벨의 대부터 이어져 온 것 같으니까. 엘레나도 마찬가지고."

"선조님과 스승님은 그런 면모가 있긴 하지만……. 아무튼 난 아니야! 곧 증명할 테니까 기대하고 있어!"

이참에 무예 수련을 하러 가야겠다며 일리야 스승을 찾아 떠나간다.

에오를 떠나보낸 이후엔 자연스레 귀빈실로 발걸음을 옮겼다.

그곳에 카이엔이 있었다.

아이작 왕을 크로싱까지 호송하는 임무를 맡고 있던 그는 우리 왕궁에서 며칠간을 보내고 있었다.

그런 그의 앞에는 류나가 얌전하게 앉아 과자를 받아먹고 있었다.

"과자 줘!"

"홋, 옛다."

카이엔은 과자를 쌓아 두고 류나가 만족할 때까지 주고 있었다. 그 탓에 유미르가 안절부절못하고 있다.

나는 그들 사이에 끼어들어 갔다.

"류나, 그럴 땐 '과자 주세요.'라고 해야지."

"아빠! 과자 주세요!"

유미르의 눈치를 보자 이미 많이 먹었다며 고개를 가로저었지만, 나는 미안하다는 눈치를 보낸 뒤 류나에게 과자를 주고 카이엔과 마주 앉았다.

카이엔이 말한다.

"정말이지 리즈나를 많이 닮았구나. 그 애도 어릴 땐 먹성이 워낙 좋아서 이렇게 매번 간식을 졸라 댔지."

"아하……."

류나의 먹성을 두고 가족들끼리도 누굴 닮은 거냐며 얘기가 많았다.

그게 격세유전이었다니.

"너무 먹어서 탈이지만요. 보세요, 포동포동 살이 쪄 버렸어요."

"괜찮다. 곧 키가 무럭무럭 클 테니까."

"그러면 좋겠지만요."

"아이들이 두 명 더 있다지?"

"예, 지금은 저쪽 세계에 있습니다."

"그쪽도 한번 보고 싶군."

"이참에 같이 갔다 오시죠."

"마법 세계에 말인가?"

"예, 마강석에는 여유가 있는 듯하니까요."

카이엔은 난처한 기색이다.

"하지만 내겐 처리해야 하는 일이 있으니까. 게다가 혹시나 그 공간이동인지 뭔지를 하다가 사고가 날 수도……."

"괜한 걱정이십니다. 이쪽 일은 다른 사람에게 맡겨 두면 충분해요. 개괄적인 일은 쥬라스 녀석이 처리를 할 테고, 사소한 것들도 제 가신인 올라프가 처리를 해 줄 겁니다."

"베이올라프 드레스덴인가……."

"알고 계십니까?"

"녀석이 펜실론 아카데미에 있을 때 한번 가르친 적이 있었지. 능글맞으면서도 요령이 좋은 녀석이었는데 말이야."

"지금도 똑같습니다."

"홋, 그렇담 가 볼까. 나로서도 궁금하군. 그 마법 세계인지 뭔지가 말이야."

"지금은 그쪽도 혼란한 상황이라 느긋하게 관광은 할 수 없겠지만 수도 구역 부근 정도는 돌아다닐 수 있을 거예요."

"그래, 기대하고 있겠다."

류나는 충분히 먹었는지 새삼 엄마의 눈치를 보며 카이엔을 부추겼다.

"밖에서 가웨인이랑 놀래!"

"류나, '놀래요.'라고 해야지!"

"놀래요!"

카이엔은 인자한 미소를 지으며 고개를 끄덕였다.

"그래, 놀자꾸나."

우리는 류나와 함께 왕궁 정원으로 향했다.

정원에선 아까 대련을 하겠다며 떠났던 에오니아가 일리야 스승과 대련을 벌이고 있었고, 안톤이 아들 가웨인을 안고 있었다.

안톤은 나를 발견하자 각을 잡고 예를 취했다.

"수행하겠습니다."

"괜찮아요. 놀러 온 거니까 편히 있어요."

류나가 나타나자 가웨인은 질색을 하며 도망가기 시작했다.

류나는 그런 가웨인을 쫓아가더니 풀썩! 그대로 업혀서 넘어뜨렸다.

"잡았다!"

울상을 짓는 가웨인.

"이제 네 차례야!"

도망가는 류나.

그러자 대련을 하던 일리야 스승이 손을 멈췄다. 퍽! 그로 인해 에오니아의 목창에 얻어맞고 말았지만 개의치 않아 했다.

"가웨인! 우리 아들! 잡아야지!"

스승의 다그침에 가웨인은 뒤뚱거리며 일어나 류나를 쫓았으나, 운동 능력에서 수인인 류나에게 상대가 되지 않았다.

"가웨인 느려! 꺄하하!"

기어코 한 번을 잡지 못한 가웨인은 주저앉아 울기 시작한다.

"크으읏……! 아들! 울면 어떡하니……!"

일리야 스승은 자신이 굴욕이라도 당한 것처럼 부들부들 떨고 있었다.

그러고는 류나를 가리키며 외친다.

"각오해, 류나! 조만간 우리 가웨인이 이길 테니까!"

류나는 낯가림을 하면서도 가웨인의 엄마라는 것 정도는 아는지 덤벼 보라는 듯 가슴을 폈다.

"저기 일리야, 대련은……."

"지금은 그럴 때가 아니야! 에오니아! 너도 도와라! 이제부터 이 아이의 특훈을 시작할 거니까!"

"나는 왜……."

"너도 나중에 애들을 훈련시킬 거 아니냐!"

"헛, 그것도 그렇군. 좋은 참고가 되겠어."

그렇게 훈련을 시작한 가웨인. 류나는 그 뒤를 요리조리 따라다니며 뛰놀고 있었다.

나는 그 평화로운 광경을 지켜보며 한때의 휴식을 즐겼다.

나는 아이작 국왕과 그의 자제들, 그리고 파라인 국왕과 카이엔, 유배를 보내기로 한 길버트 살레온과 에리나를 데리고 엘란 왕국으로 복귀를 했다.

자신들의 몸을 영롱한 빛이 감싸자 다들 놀란 듯 기성을 내질렀다.

그리고 잠시 후, 우린 엘란 왕국의 지하에 도착해 있었다.

아이작 국왕은 미심쩍다는 듯 말한다.

"정말 이걸로 우리가 다른 세계에 온 건가? 눈속임을 한 건 아니고?"

"올라가 보면 알게 됩니다."

나선형의 계단을 올라가자 엘란 왕국의 궁궐이 나타났다.

완전히 새로운 공간이 나타나자 다들 눈을 휘둥그렇게 뜬다.

"어서 오십시오, 웨이드 공작님."

근위대원들이 기다렸다는 듯 수행을 했다. 그들의 생소한 언어와 차림새를 보곤 이제야 현실을 받아들인 모양이었다.

우리는 곧장 알현실로 향했다.

그곳에서 로자가 레이틴과 함께 업무를 보고 있었다.

"앗! 알스! 왔어?"

나와 에리나를 보곤 친근하게 그렇게 말했지만, 곧 다른 사람들의 연배를 확인하곤 표정을 바꾼다.

"돌아왔구나, 알스 일라인."

"예, 잠시뿐이지만요."

"그쪽의 분들은?"

사정을 들은 로자는 흐뭇하게 웃으며 고개를 끄덕였다.

"환영합니다, 이국의 왕들이여. 부디 이 땅에서 안식을 갖길 바랍니다. 우리 엘란 왕국은 그대들을 환영합니다."

이 알현이 끝난 뒤에는 에리나와 길버트가 남아 로자와 얘기를 나누기 시작했고, 우리는 왕궁을 나왔다.

이곳 바이언의 광경은 중앙 대륙 사람들이 보기엔 충분히 초현실적이었다.

기본은 비슷하긴 하지만 마법으로 이뤄진 구조물이나 장식들이 많았으니까.

게다가 최근에는 엘프들의 도움을 받아 이동에 편리한 비행 물체 같은 것들도 시험 도입하는 중인지라 하늘에도 두둥실 무언가가 떠다녔다.

"오, 오오……!"

파라인 국왕은 눈을 휘둥그렇게 뜨고 감탄하고 있었다.

아이작 국왕도 멍하니 하늘을 올려다보았다.

나는 그들이 머물 저택을 주고 크로싱 출신의 수행원을 잔뜩 붙여 준 뒤 내 저택으로 돌아왔다.

저택의 거실엔 루트거가 서류를 흩어 놓은 채 업무를 보고 있었고, 에스텔이 맞은편에 앉아 뜨개질을 하고 있었다.

아기에게 입힐 옷을 직접 만들고 있는 모양이었다.

"앗, 알스. 왔는가. 마중 나가지 못해서 미안하네. 급히 처리해야 될 일이 있어서 말이야."

루트거는 앉은 채로 그렇게 말해 왔지만, 곧 번개라도 맞은 것처럼 펄쩍 뛰었다.

"서서, 선생님!?"

"정말 오랜만이구나, 루트거."

"선생님이 어째서 이쪽에……!"

"놀러 와 봤지. 그 루트거 로젠버그가 이렇게 얼빠진 얼굴로 지내고 있다니. 너도 많이 늙었구나."

"하하……. 세월이 많이 흘렀으니까요."

에스텔은 긴장한 듯 카이엔을 마주했다.

"아, 안녕하십니까. 카이엔 님. 에스텔 로젠버그입니다!"

"홋, 소녀일 적에 보고 처음이군. 그 배는……?"

"알스 님과의 아이입니다."

"호오, 그렇단 건 내 증손자라는 거군. 허허!"

곧 위층에서 사람이 내려왔다.

술을 마셨는지 숙취에 찌들어 있는 귄터와 가스파르. 그리고 왜인지 상기된 표정으로 같은 방에서 나온 애쉬와 루크레치아다.

난 한숨이 절로 나왔다.

"가스파르, 유미르가 없다고 그렇게 마셔 버리면 어떡합니까."

"으음……!"

"귄터, 그를 데리고 나갔다 와요. 그리고 애쉬. 넌 하던 거 마저 해라."

애쉬는 당황하여 손사래를 쳤다.

"하던 거라니!?"

루크도 얼굴을 새빨갛게 물들인 채 어쩔 줄을 몰라 했다.

그러면서도 보채는 듯 애쉬의 소매를 질질 끌었다. 자기 저택으로 가자는 신호인 것 같다.

"그, 그러면 나갔다 올게."

함께 밖으로 향하는 둘. 아마 오늘 밤 안에는 돌아오지 않을 것 같았다.

그때 어머니와 율리아 누나가 쌍둥이들을 데리고 내려왔다.

쌍둥이들도 부쩍 커져 이제는 걸음마를 떼려 하고 있었다.

둘은 나를 용케도 알아봤는지 빠르게 기어 왔다.

카이엔은 어머니와 인사를 나누고 있었다.

"그대들 일라인 가문의 사람들에겐 감사 인사를 하고 싶소."

나를 키워 준 것에 대한 감사 인사였다.

이곳에 오기 전에 아버지에게도 그 얘기를 하더니, 어머니에게도 하려는 모양이었다.

어머니도 옛날얘기를 할 말 상대가 필요했는지 미소를 지으며 한참이나 얘기를 나누었다.

이곳 엘란 왕국의 정세는 제법 안정화돼 있었다.

전쟁을 선포한 연맹이 각지에서 시비를 걸고 있었지만 그들도 전면전은 피하고 있었던 것이다.

나는 소피아에게 보고를 받은 나는 그녀에게 복귀할 것을 요구했다.

"중앙 대륙으로요?"

"지금 내정을 봐줄 일손이 부족하거든요."

"……."

그녀는 잠시 침묵하더니 말한다.

"아이작 국왕과 파라인 국왕을 이쪽으로 데려온 모양이더 군요."

"권력을 놓고 여생을 보내러 오신 겁니다. 고마운 일이죠."

"……한 가지 부탁이 있어요."

"베카비아의 왕족들도 똑같이 해 달라는 거죠? 그거라면 이미 준비를 하고 있습니다."

"역시 일 처리가 빠르네요. ……하아!"

소피아는 복잡한 시선으로 나를 바라본다.

"엘란 왕국에서 일을 하는 거는 그냥 그럴 수 있지만 리안 드에서 일을 하게 된다면 정말로 당신의 가신에 되어 버리는 거네요."

"이제 와서 거부감이라도 드나요?"

"그렇지도 않네요, 좋아요. 저 소피아 베른, 앞으로 당신 을 주군으로 모시도록 할게요."

가신이 된 소피아는 작당을 한 듯 내게 앞으로의 구상에 대해 말하기 시작했다.

"기왕 중앙 대륙으로 돌아가게 된 거, 저도 전쟁터에 복귀 하도록 할게요."

이외에 애쉬와 귄터도 전쟁에 대비해 복귀를 하기로 했다.

이걸로 마지막 전쟁을 위한 준비는 끝.

그렇게 1년이 지나갔다.

# 5장

워낙 업무가 많았던 탓인지 1년의 시간은 순식간에 지나갔다.

그사이 대륙의 정세도 명확해졌다.

중앙 대륙에선 스벤너와 서방 민족 그리고 크로싱과 리안드의 대치 구도가 만들어졌다.

변수가 있다면 멸망 직전의 툰카이와 중립을 선언한 에우로페, 그리고 흡수 상황이 지지부진한 알바드였다.

스벤너의 침공에 영토 대부분을 뺏기며 아직 혼란한 베카비아 지역으로 터전을 옮긴 툰카이 왕족들은 박쥐 외교를 펼치며 생존을 꾀하고 있었다.

좌측으로는 스벤너와 에우로페, 우측으로는 알바드와 크

로싱을 접경한 상황에서 누군가 자기들을 공격하면 반대편에 붙어 버리겠다고 공언을 한 것이다.

툰카이가 베카비아 영토를 가지고 스벤너에게 붙어 버리면 꽤나 곤란했기에 이 부분은 책략을 사용할 수밖에 없었다.

엘란 왕국 방면에 출장을 와서 그 보고를 받은 나는 곧장 애쉬를 만나러 가기로 했다.

애쉬 녀석은 도시 내에 따로 거처를 잡고 있던지라 수행원을 대동하여 녀석의 저택으로 향했다.

수행원이라고 해 봐야 딱딱한 건 아니고, 에오니아와 쌍둥이들이었다.

이 1년 사이에 부쩍 큰 쌍둥이들은 불안불안한 발걸음으로 걷고 있었다. 에오는 키 높이를 맞춰 손을 잡은 채 어쩔 줄을 몰라 했다.

"에오, 그냥 안아 주자."

"안 돼. 어서 걸어야 무예 수행을 할 수 있단 말이야."

에오는 최근 류나가 무예 수행을 시작한 것에 자극을 받은 모양이었다.

"그건 그냥 살 빼려고 시작한 거라니까. 최근에 과자를 너무 받아먹어서 살이 쪘으니까."

나이가 드니 류나의 낯가림도 사라져 있었다. 이젠 낯선 사람을 봐도 최소한 자기편인지, 아닌지를 구분할 수 있게 됐다.

이게 비극의 시작이었다.

애초부터 영특한 류나가 사람들에게 마구 과자를 얻어먹기 시작한 것이다.

특히 할아버지들을 집중적으로 공략했다.

증조부인 카이엔이 주 공략 대상이었고, 파라인 국왕도 마찬가지였다. 왕궁에 가면 소피아나 로자에게도 과자를 졸라댔다.

그 탓에 체중이 불자 유미르는 특단의 조치로 무예 훈련이라는 명목의 다이어트를 시작시킨 것이다.

"그래서인지 류나는 질색을 하더라고."

"그래도 움직임이 좋았잖아. 선조님도 잘한다고 칭찬을 했을 정도니까."

류나는 천재과라고 할까. 그렇게 질색을 하면서도 탁월한 성과를 보였다. 일리야 스승조차 재능이 있다며 칭찬을 했을 정도.

이에 자극을 받았는지 에오니아도 어서 아이들에게 무예 훈련을 시키고 싶은 모양이다.

그런 바람을 등에 업고 열심히 걷고 있던 에드와 에르니는 곧 다리에 힘이 풀렸는지 무릎을 꿇었다.

그러더니 나를 올려다본다.

"아빠……!"

"안아 줘."

에오는 약한 소리를 하면 안 된다며 다그쳤지만, 아이들의 눈빛을 견딜 수 없었던 나는 둘을 안아 들었다.

둘은 신나 하며 웃었지만 계속 걸은 탓에 지쳤는지 곧 새근새근 자기 시작했다.

그때 마침 애쉬의 저택이 보여 왔다.

"응? 저거 우리 마차 아니야?"

"아, 그러고 보니 오늘 에리나와 에스텔이 애쉬 녀석의 저택에 방문을 한다고 했었어. 아기들끼리 만나게 한다고 했었던 것 같은데."

저택 거실에서부터 소란이 들려왔다.

루크레치아와 리시테아가 아이를 안아 든 채 뭔가 말다툼을 하고 있었고, 애쉬는 그 사이에서 쩔쩔매고 있었다.

그런 그들을 에리나와 에스텔이 마찬가지로 아이를 안은 채 웃으며 지켜보고 있었다.

"다들 여기 있었구나."

"앗, 알스!"

애쉬는 마침 잘됐다며 종종걸음으로 달려와 속삭인다.

"야, 밖에서 얘기나 좀 하자. 여기 있다간 진이 빠져 버릴 것 같아. 얼마나 얘기를 하는지……."

"나도 할 얘기가 있었으니 잘됐네."

"그럼 난 먼저 나가 있을게!"

애쉬가 저택을 떠나자 다투고 있던 루크와 리시테아는 어깨에 힘을 뺀다.

나는 인사만 해 둘 겸 그들에게로 향했다.

"무슨 얘기를 하고 있었기에 애쉬가 도망을 가요?"

남자아이를 안고 있던 루크가 새침한 표정으로 답한다.

"어떤 아이가 형인지를 얘기하고 있었을 뿐이에요. 전 당연히 제 라이든이 형이라고 했죠. 그야 제가 먼저 임신을 했으니까요!"

이에 리시테아가 어림도 없다며 반박한다.

"먼저 태어난 건 우리 루니입니다!"

첫째냐 둘째냐가 가문의 위계에 있어선 꽤 중요하기에 이러고 있는 것이다.

이건 에스텔과 에리나도 마찬가지였다.

에스텔이 먼저 임신하긴 했으나 아이는 에리나가 먼저 나왔으니까.

"일라인, 당신은 누가 첫째라고 생각하죠?"

"예? 아……."

내 대답이 궁금했는지 에리나와 에스텔도 흥미롭게 지켜보고 있다.

애쉬가 왜 쩔쩔매고 있었는지 이해가 간 나는 녀석을 따라 도망가기로 했다.

엘란 왕국은 대혼돈을 극복하며 점차 평정을 찾아가고 있었다.

　서대륙의 위험한 던전들은 대부분 공략이 되어 소멸하거나 봉인돼 있었고, 남대륙에 관한 지배권도 되찾는 중이었다.

　최근에는 마을과 도시 들에서 축제가 벌어지며 점점 일상이 회복되고 있는 중이었다.

　"역시 인간이란 끈질기다니까."

　애쉬가 술잔을 들이켜며 말한다.

　"던전들이 마구 생겨났을 때는 어떻게 되나 했는데…….
결국엔 극복을 해냈네."

　"아직이야, 진짜 위기는 이제부터 시작이니까."

　"……모신이라고 했지? 이 세상의 모든 지성체를 없애 버리고 싶어 한다는 미치광이 신이."

　"맞아, 지금은 몸을 얻고 중앙 대륙에서 활동을 하고 있다나 봐. 스벤너로 하여금 툰카이를 공격하게 한 것도 녀석의 흉계일 가능성이 높아."

　"……툰카이는 지금 어떤 상황이야?"

　"그 얘기를 하려고 왔어. 애쉬, 네가 힘을 써 줘야겠다."

　나는 애쉬에게 툰카이에 잠입해 쿠데타를 일으켜 줄 것을 요구했다.

"과연, 내가 툰카이를 전복시키고 리안드로 편입을 시키라는 거구나."

"그게 아니면 툰카이가 스벤너 쪽에 붙어 버릴 가능성이 있어. 그러면 골치가 아파지거든."

"그렇겠지. 아무리 국력이 약해졌다고는 해도 툰카이에는 실력 있는 군 장교들이 많으니까."

곧 있을 대전쟁에는 장교 하나하나가 귀중해진다.

장교들이 많아야 병사를 효율적으로 지휘할 수 있기 때문이다.

"미안하다, 아기들이 태어나서 기쁜 와중에……."

"뭘, 오히려 근질근질한 참에 잘됐네."

"최대한 좋은 사람을 붙여 줄게. 안톤이나 일리야 스승도 괜찮아."

"오호, 그건 그만큼 나를 아낀다는 얘기일까?"

"낯간지러운 소리 하지 말고."

"훗, 좋아. 호의는 받아들여야지. 일리야 씨와 가스파르 씨, 그리고 귄터 형을 데리고 갈게. 이 셋이 함께라면 어떤 위험한 상황에서도 빠져나올 수 있을 것 같거든."

"……소피아도 함께 데려가. 베카비아 지역에 관해서라면 그녀가 가장 잘 알고 있으니까."

그러자 왜인지 애쉬 녀석의 표정이 굳었다.

"왜 그래?"

"아, 아니, 소피아 씨랑은 그게……. 조금 묘한 분위기라고 할까."

"너 설마……."

"그냥! 이런저런 얘기를 하다 보니까 그랬던 거야! 루크랑 리시테아에겐 말하지 마라!?"

"못 말리겠네, 진짜."

"애가 벌써 다섯인 네가 할 소리냐?"

그것도 그랬다.

애쉬는 핀잔을 하듯 말한다.

"최근엔 뭐, 로자 여왕과도 혼담이 오고 가는 중이라며? 거기다 엘프 베아트와도 혼담이 있다고 그랬나?"

"정치적으로 조금……."

"너도 힘들겠다."

정말로 그랬다.

가는 날이 장날이라고, 이날 밤에는 그 부분에 대한 논의가 오고 가게 됐다.

애쉬를 베카비아 지역에 파견하기로 하며 본격적으로 중앙 대륙의 전쟁에 착수하기 전.

왕궁에선 지인들만을 모은 출정 파티가 열렸다.

리안드에서 일하고 있는 소피아, 비스케타를 제외한 내 가신들 모두가 이 자리에 모였다.

여기서 중앙 대륙으로 향할 순서를 정하기로 했기에 다들 열띤 목소리로 얘기를 나누고 있었다.

그 얘기에 올라프는 항복을 하듯 손을 든다.

"미안하지만 나는 가장 마지막에 갈게. 겨우겨우 휴가를 받아 이쪽으로 왔는데 바로 돌아가긴 싫거든."

올라프는 양손에 아이를 안고 있었다.

하나는 율리아 누나와의 아이고, 다른 하나는 메이센과의 아이였다.

여기에 애쉬의 아이도 있고, 우리 애들도 있어서인지 아이들의 숫자가 굉장했다.

로자는 그걸 부러운 듯이 바라보고 있었다.

그걸 올라프가 눈치 없게 말한 게 발단이었다.

"이거야, 로자 여왕 폐하도 후사를 가질 시기가 아니십니까?"

"예!? 그, 그게⋯⋯."

로자는 눈동자를 이리저리 굴리더니 슬쩍 나를 곁눈질했다.

나는 시선을 피했지만 파라인 국왕이 너털웃음을 지으며 말한다.

"마침 잘된 걸 수도 있어. 알스와 맺어진다면 향후 양국의 협력도 원활해질 테니 말이야."

"아버님, 취하셨습니다."

멜로디아나 공주가 말렸지만 파라인 국왕은 기분이 좋은지 계속 나와 로자의 혼사를 주장했다.

이에 취기가 오른 올라프가 맞장구를 치다 실언을 한다.

"맞습니다! 맞아요! 둘의 나이도 비슷하지 않습니까? 서로간의 입장이 있으니 정략결혼의 형태가 되겠지만 나이가 맞으면 상관이 없지요! 상대가 서른을 넘은 아줌마라면 모를까 로자 여왕님도 한창때가 아닙니까?"

순간 파티장의 분위기가 싸늘해졌다.

율리아 누나와 메이센이 서둘러 올라프의 옆구리를 찔렀다.

"……엥?"

올라프는 그제야 상황을 파악했다.

이곳엔 그 서른을 넘은 아줌마들이 많았기 때문이다.

유미르는 평소와 같은 표정이었으나 꼬리가 화난 듯 크게 흔들리고 있었고, 에오니아는 꾸욱! 쥐고 있던 포크를 한 손으로 구부려 버렸다.

루크레치아와 리시테아도 마찬가지. 심지어 레이틴과 베아트마저 날카로운 눈으로 올라프를 쏘아보았다.

유일하게 일리야 스승만이 쓴웃음을 지으며 수긍할 뿐이

었다.

가스파르는 불난 집에 부채질을 하듯 껄껄 웃었다. 이쪽도 어지간히 취기가 올라 있는 모양이었다.

"하하하! 여기에 아줌마들이 많긴 하지!"

"가, 가스파르 씨! 취하셨어요!"

도로시가 재빨리 말렸으나 이미 싸해진 분위기는 어쩔 수 없었다.

내가 수습을 하는 수밖에.

"나이야 함께 먹어 가는 거니까요. 누가 더 많건 무슨 상관이 있겠어요."

수습은 당연히 안 됐지만 그래도 화제를 전환하는 데에 성공했다.

우리는 향후 전쟁의 방향에 대해 토론을 했다. 올라프는 무안함을 감추기 위해 열성적으로 브리핑을 한다.

"북부는 크로싱, 중부는 알바드, 남부는 우리 리안드가 맡게 될 것 같습니다. 이에 맞서 상대도 북부와 중부는 스벤너. 남부는 서방 민족이 움직이고 있다는 첩보가 있었어요. 그러니 자연스레 우리 상대는 서방 민족이 됐습니다."

나는 이참에 올라프의 고국인 에우로페에 대해서도 물어보기로 했다.

"에우로페는…… 장기적으로 봤을 때 스벤너에 가담하지 않을까 생각해. 이번에 툰카이를 공격했던 것도 그렇고, 영토 욕심이 많은 편이지. 그렇담 통일을 하려는 우리보단 스벤너 쪽에 붙어서 우리 영토를 뺏으려 하겠지."

"흠."

에우로페가 스벤너 진영에 붙어 버리면 전황이 백중세가 될 가능성이 높았다.

올라프는 침을 꼴깍 삼켰다.

"삼국과 삼국의 대전쟁……. 이번 전쟁으로 대륙의 지배자가 결정될 거야."

이 말에 모두의 표정이 굳었다. 워낙 대전쟁이기도 하고, 중앙 대륙은 구원이동을 사용하지 못하니 가신들 중에서도 사망자가 나올 가능성이 높았으니까.

그걸 알고 있는 만큼 오늘의 파티를 더 즐기자는 분위기가 형성됐다.

유미르마저 술에 취하며 파티의 밤이 무르익어 갔다.

전운이 감돌며 끝나 버린 1년여의 휴가.

우리는 그 1년 사이 대륙을 왕복할 수 있는 충분한 마강석을 모아 둔 상태였다.

요 1년간은 내정을 다스리는 일 위주로 돌아갔기에 일이 없었던 무관들이 심심풀이 겸, 실전 감각 유지 명목으로 던전들을 마구잡이로 공략했기 때문이다.

여기서 동대륙에 있는 리치 니니아의 협력을 받았다.

모든 이종족의 언어를 꿰고 있는 니니아는 던전의 자연 소멸을 유도해 주며 막대한 양의 마강석을 제공해 주었다.

더불어 올킨과 반달린, 알트론 이 드래곤 셋이 전이 마법진의 효율성을 높여 줘서 이제 와서는 비교적 왕래가 쉬워졌다.

나는 먼저 툰카이 방면에서 작전을 수행할 애쉬를 파견했다.

애쉬는 일리야 스승과 리시테아, 가스파르, 권터와 함께 먼저 저쪽 중앙 대륙으로 향했다.

다음 차례는 나였다.

이튿날 중앙 대륙으로 넘어온 나는 곧장 왕궁으로 가 소피아와 접견했다.

애쉬와 함께 베카비아 지역으로 가기로 한 소피아는 지친 얼굴로 나를 맞이한다.

"너무하네요. 격무에 시달리고 있던 사람에게 파견 임무라니."

"가고 싶지 않으면 안 가도 돼요. 뭐, 당신이 안 갈 리는 없겠지만."

"……흥."

베카비아의 공주로서 현지 사정이 신경 쓰였을 것이다.

소피아는 떫은 표정을 짓더니 한숨을 쉬며 처리해 놓은 업무를 내게 넘겼다.

그 자료엔 각국의 군사 동향이 빼곡하게 적혀 있었다.

스벤너가 국력을 총동원하여 20만의 병력을 꾸렸고, 서방에서도 10만의 병력이 진군을 준비 중이었다.

이에 대응하여 우리는 크로싱이 14만, 우리 리안드가 8만, 알바드가 8만으로 병사의 숫자만 놓고 보면 박빙이었다.

다만 국력 부분에선 우리가 훨씬 우위에 있었다.

우리는 1년여의 시간을 내정에 힘을 쓴 반면, 스벤너는 툰카이와의 전쟁을 막 끝낸 상황이었으니까.

우리는 여차할 경우 10만이 넘는 병력을 더 동원할 수 있는 상황이었다.

적측이 쉬지 않고 전쟁을 이어 가는 이유가 이것 때문이었다.

시간이 지날수록 국력의 차이가 더 벌어질 테니까.

'그렇다고 해도 무리를 하고 있어.'

내가 스벤너의 왕이었다면 당장 전쟁을 일으키기보단 크로싱-알바드-리안드의 연합을 깨기 위한 이간질을 먼저 시도했을 것이다.

그도 아니면 중립국인 에우로페를 확실하게 끌어들였을 테다.

그러나 상대는 그런 자잘한 과정을 전부 무시하고 곧바로 전면전 태세에 들어갔다.

이는 명백히 부자연스러웠다. 마치 누군가의 사주를 받고 있는 것처럼.

'우리 입장에선 오히려 좋지.'

단기 결전은 바라고 있던 바다.

우리는 완전히 태세를 갖추고 있었으니까.

그런 만큼 의구심이 들 수밖에 없었다.

상대는 왜 불리한 전쟁을 하려 하는 것인가?

'애초에 왜 툰카이를 침공한 거지? 차라리 툰카이를 포섭해서 세력을 구축하는 게 우리와의 전쟁에 있어선 더 좋았을 텐데.'

괜히 툰카이와 전쟁을 한 탓에 우리와의 국력 차이가 크게 벌어져 버렸다.

상대가 멍청한 게 아니라면 그만한 손해를 감수하고서라도, 툰카이를 정복하는 게 이득이 된다고 계산한 거다.

"그 이유를 모르겠단 말이지."

나는 그 의문을 해결하지 못하고 잠시 머리를 식히기 위해 휴게실로 향했다.

그곳에선 간식을 만들고 있는 에오니아와 류나가 있었다.

류나는 지그시 에오니아를 응시하고 있었다. 그 눈빛은 대놓고 과자를 달라고 하고 있었다.

그러나 말로는 하지 않는다. 이전에 앞으로는 과자를 달라고 조르지 않겠다고 약속을 했던 것 때문이다.

그러니 과자를 줄 때까지 말없이 바라보는 것으로 방향을 바꿨다. 류나의 생각으로 이 행동은 과자를 조르는 게 아닌 모양이었다.

상대가 멋대로 과자를 줄 뿐.

그렇기에 에오니아가 애써 무시를 하자 훌쩍이며 눈물을 흘린다.

"으으……! 자! 유미르에겐 비밀이야?"

"응!"

와구와구 에오가 준 과자를 먹는 류나. 그러다 나를 발견하고 후다닥 뛰어온다.

"아빠, 일 끝났어?"

"잠깐 쉬려고. 에오, 너는 왜 그렇게 과자를 많이 만드는 거야?"

"애쉬 일행이 떠나기 전에 다과회를 하기로 했거든. 알스너도 정원에 가 봐. 지금 다들 모여 있거든."

"시간이 나면. 그런데 혼자서 힘들지 않아?"

"성장이 도와줘서 괜찮아."

"비스케타 씨가?"

말하기 무섭게 비스케타가 주방 쪽에서 시녀를 대동한 채 나타났다.

"에오, 준비는 다 됐니?"

"예!"

"어머, 일라인 당신도 있었군요. 같이 가겠습니까?"

마침 할 일도 없겠다. 비스케타의 뒤를 따라 정원으로 향했다.

정원에는 여성들이 모여 수다를 떨고 있었다. 아기들도 잔디밭을 뛰어놀고 있다.

나는 류나를 안은 채 유미르의 옆에 앉았다.

유미르는 킁킁! 냄새를 한번 맡더니 눈을 가늘게 뜨며 류나를 바라보았다.

"류나, 또 과자를 먹은 거니?"

류나는 식은땀을 흘리며 내 품을 벗어나 아기들이 뛰노는 곳으로 도망친다.

유미르는 드물게도 푸념을 한다.

"하아……. 어찌나 먹성이 좋은지."

이에 리시테아가 쓴웃음을 지으며 말한다.

"애쉬가 아기였을 때가 생각나네요."

"애쉬 님이 아기였을 적이요?"

"애쉬는 툰카이 국왕이 정적의 여식 사이에서 얻은 자식이라 외부에 드러낼 수가 없었거든요. 하여 태어나자마자 우리 플로란드 부족에 버려지듯 맡겨진 거예요. 그때 제 나이가 일곱 살이었죠."

리시테아는 그 시절이 그립다는 듯 부드럽게 웃었다.

반면 애쉬는 질색을 한다.

"이봐 리시테아! 그 얘기는 하지 말라고! 무슨 좋은 얘기라고 그 얘길 해?"

그러나 리시테아는 주저리주저리 애쉬가 아기일 적의 이야기를 했다.

"얼마나 개구쟁이였는지……. 장로님들이 들어가지 말라는 곳도 마음대로 들어가고 그랬다니까요?"

그녀의 말을 듣고 있던 나는 문득 걸리는 게 있었다.

"리시테아, 그 플로란드 부족이라는 건 구체적으로 뭔가요?"

"예? 어……. 저도 잘은 몰라요. 저는 부족의 전사장이긴 했지만 당시에 이미 우리 부족은 쇠퇴해 있었거든요. 저와 애쉬가 실종된 이후로는 그마저도 뿔뿔이 흩어진 모양이고요."

"플로란드 부족……."

내가 그 이름을 되뇌고 있자 비스케타가 끼어든다.

"플로란드 부족에 대해 궁금한 거라면 내가 조금은 대답해 줄 수 있어요."

"비스케타……!"

그러고 보니 비스케타는 플로란드 부족에 대해 뭔가를 알고 있는 듯했다.

"내가 아는 부분을 말해 줄까요?"

"말해 주십시오."

그녀는 차를 홀짝이고는 말을 이어 갔다.

"플로란드 부족 엘프들의 뿌리는 쿠라벨의 엘프들이에요. 아마 예전에 지나가는 식으로 말을 했던 것 같은데요."

"예……. 인간과의 공존을 원한 엘프들이 쿠라벨을 떠나 외부로 나온 거라고요. 그렇담 쿠라벨 성국에서 떨어져 나간 세력이라고 보면 되는 건가요?"

"그게 그렇지만도 않아요."

비스케타는 기억을 더듬는 듯 눈을 감았다 뜬다.

"저도 성왕에게서 들은 거지만, 사실 플로란드 부족은 처음부터 있었다고 해요."

"처음부터라면 쿠라벨 성국의 건국과 동 시기에 이미 있었다는 건가요?"

"저도 처음엔 그렇게 생각을 했었지만, 그게 아니었어요."

"……?"

"저도 외부 세계를 보고 나서야 이해를 했어요. 일라인, 쿠라벨 성국은 공존을 원한 엘프들과 인간들이 대륙이 분리되기 전에 와서 세운 국가예요."

중앙 대륙을 외부와 분리시킨 드래곤, 질서의 오메론을 따라온 자들이다.

"그러니 엄밀히 말해 쿠라벨 성국의 엘프들도 대륙적인 관점에서 보면 외부인인 거죠. 반면 플로란드 부족은 달라요."

"설마……."

"예, 플로란드 부족은 애초부터 이 대륙에 살고 있던 부족이었어요. 우리 쿠라벨의 엘프들이 훗날 그 부족에 합류를 하여 플로란드 부족의 엘프들이 나타난 거죠. 엘프들은 기본적으로 수명이 기니 시간이 지나 부족의 수장이 된 거고요."

"본래 플로란드 부족의 뿌리는 엘프가 아니었다……?"

"아마도요. 뭐, 제가 알고 있는 건 이 정도입니다."

그냥 듣기론 시답잖은 정보 그 이상, 그 이하도 아니었다.

그러나 내 직감은 이것이 단순한 정보가 아니라고 말하고 있었다.

나는 급히 리시테아에게 물었다.

"리시테아, 플로란드 부족은 뭘 위해 그곳에 있는 거죠?"

"그야 살아가기 위해서죠."

"그뿐입니까? 아까 애쉬가 장로들이 들어가선 안 되는 곳이라 한 장소에 들어간 적이 있다고 했잖아요."

"아……. 그런 곳이 몇 개 있긴 해요. 저도 잘은 모르지만요. 애쉬, 당신은 기억하나요?"

애쉬는 어깨를 으쓱한다.

"내가 다섯 살 때였나? 신기한 동굴 같은 걸 발견해서 들어가 보려 했더니 장로님이 불같이 화를 냈었지. 무슨 맛있는 걸 숨겨 놨기에 그러나 싶어서 다음에 다시 가 보려 했는데, 왜인지 찾을 수가 없더라고."

"……."

꿀꺽! 갑자기 머릿속에 떠오른 가설에 나도 모르게 마른침을 삼키고 말았다.

"애쉬, 플로란드 부족이 살던 곳은 거대한 산맥의 중심이었지?"

"맞아, 험준한 산이야."

"그 산 안에 커다란 공간이 있을 가능성은?"

"뭐래, 그딴 게 있을 리가……."

애쉬는 말끝을 흐렸다. 지금껏 우리는 두 개의 커다란 지하 공간을 보았다.

첫 번째는 연맹의 지하 시장, 그리고 두 번째는 올킨과 괴물들이 사용하던 호수 아래의 지하 공간이다.

애쉬가 말한다.

"설마 우리 부족이 지키던 게 그 안의 공간이라는 거야? 그럼 뭔데? 그 공간 안에 뭐가 있는 건데?"

나는 이 시점에 진상에 도달해 있었다.

오히려 왜 이제야 알게 됐는가 자신의 무능함을 저주했다.

핵심은 쿠라벨의 엘프들이었다.

쿠라벨의 엘프들은 중앙 대륙을 분리시키려는 드래곤 오메론과 함께 이 대륙에 들어왔다.

그런 그들이 유일하게 교류를 한 것은 플로란드 부족뿐.
엘프들을 파견하기까지 해서 플로란드 부족을 지원했다.

왜? 그건 생각해 보면 간단했다.

"그 산속에 이 대륙을 분리시킨 드래곤 오메론이 있는 거
야……!"

"뭐!?"

그럼 모든 상황이 맞아떨어진다.

내 말에 에오니아는 믿기지 않는다며 고개를 흔들었다.

"알스 님, 그런 거라면 우리 쿠라벨의 엘프들이 알고 있었
을 거예요."

"알고 있는 자가 있었겠지. 하지만 극히 일부였을 거야.
그렇죠, 비스케타?"

비스케타도 짚이는 게 있는지 눈빛이 진지해졌다.

"성왕께서……."

"성왕이 왜요?"

"성왕께서 말하셨어요. 왕궁의 서고는 절대 침입자에게
내줘선 안 된다고요. 그렇기에 크로싱의 군대가 침입했을 때
성왕께서 직접 불을 지르셨죠."

그 불길에 에오니아도 몸을 던져 심각한 화상을 입었었다.

"저는 솔직히 성왕께서 왜 그랬는지를 알 수 없었지만, 혹
시 서고에 그와 관련된 정보가 숨겨져 있었다면……."

내 확신이 더욱 강해졌다. 왜 지금까지 남아 있는 쿠라벨

의 엘프들이 모르고 있는가는 알 수 없지만, 어쨌든 쿠라벨에는 그 정보가 전해져 내려오고 있었던 것이다.

이 대륙을 분단시킨 오메론의 위치에 대한 정보가 말이다.

"윽……!"

나도 모르게 현기증이 일었다.

스벤너가 왜 툰카이 공략에 집중했는가를 이제는 알 것 같았으니까.

"한 방 먹었군……!"

내 침통한 기색에 다들 걱정스러운 표정을 지었다.

"알스 님! 괜찮으십니까?"

"무, 무슨 일인데 그래?"

나는 이를 악물고 외쳤다.

"당장 군부 회의를 소집하겠습니다! 크로싱과 알바드에도 비상 상황임을 전하도록 하십시오!"

상대가 한 발자국 빠르긴 했지만, 아직 만회의 여지가 있을 수도 있었다.

나는 툰카이의 영토, 정확히는 플로란드 부족의 터전이었던 엘리치산맥을 뺏어 내기 위한 군부 회의를 시작했다.

군사 회의를 소집한 나는 곧장 북부로 향했다.

그곳에선 쥬라스가 병사들을 훈련시키고 있었다.

녀석은 내 제안에 의외라는 반응을 보였다.

"툰카이 지역을 수복하자고요?"

"예, 가능하다면 그렇게 하고 싶어요."

내가 사정을 설명하자 쥬라스는 어이가 없는지 피식한다.

"엘리치 산맥에 드래곤이요?"

"우스운 거 알아요. 그래도 가능하면 확인해 보고 싶어요."

"그러고 보니 그런 첩보가 있었습니다. 툰카이 지역을 점령한 스벤너의 군대가 묘한 행동을 하고 있다고요."

"묘한 행동이라니요?"

"저도 구체적으로는 모릅니다. 왕궁을 수색한다든가, 여러 구역을 파헤쳐 본다든가……."

"아마 그 드래곤을 찾는 걸 거예요."

"흠."

쥬라스는 말없이 전도를 펼쳐 보인다.

"알스, 지금 우리가 엘리치산맥을 수복하기 위해선 많은 애로 사항이 있습니다. 그 사이에 있는 베카비아 지역을 가로질러야 하기 때문이죠."

"……"

"그곳에 주둔 중인 툰카이 세력을 끝장내려고 하면 툰카이가 스벤너 쪽에 붙어 버릴 겁니다. 그걸 경계해서 애쉬 페이

튼을 내부에 잠입시켜 전복시키려던 것 아니었습니까?"

"그랬죠. 그러니 툰카이를 자극하지 않는 선에서 공격을 할 방법을 찾아야 한다고 생각합니다."

쥬라스는 고개를 흔들었다.

"지금 툰카이는 겁먹은 토끼나 다름없어요. 우리가 조금만 움직여도 발광을 하겠죠."

"그러니 다른 경로로 침공을 해 보는 건 어떨까 합니다. 가령 해로라든가. 바다를 통해 베카비아 지역을 우회하여 엘리치산맥을 직접적으로 침공하는 거죠."

"……진심입니까? 바다를 통한 침공이 얼마나 어려운지는 잘 알고 있을 텐데요? 상대가 미리 읽고 있기라도 하면 무기력하게 전멸할 수도 있습니다. 뭣보다 배로는 많은 수의 병력을 운송할 수 없어요."

녀석의 말이 백번 옳았다.

북서부 지역을 당장 공략할 전략적인 방법이 없다.

그러던 그때였다.

"그렇담 에우로페를 공략하는 건 어떠냐?"

카이엔이었다.

그의 곁엔 왜인지 류나가 붙어 있었다. 보아하니 다이어트를 위한 무예 훈련을 빼먹고 도망치는 중인 모양이다.

"아빠!"

"어이쿠, 우리 딸! 왜 이렇게 무거워졌어?"

"이잉, 안 무거워."

어쨌든, 난입해 온 류나 덕분에 분위기가 전환됐다.

쥬라스는 카이엔을 응시하며 묻는다.

"에우로페를 공략한다고 하면요?"

"본래 우리는 이 전쟁을 서부와 동부의 전쟁으로 생각했지."

서부의 스벤너, 서방과 동부의 우리가 맞붙는 형태로 말이다.

"그러니 발상을 달리하자는 게다. 우리가 남부에서 북부로 치고 올라가는 거야."

"북부로……?"

발라스, 알바드는 그게 가능했다.

카이엔은 그 형태를 통해 에우로페를 공략하자는 것이었다.

"에우로페는 중립국이긴 하나 이쪽도 여차할 땐 스벤너에 붙어 버릴 거다. 게다가 에우로페는 툰카이의 천적과도 같은 국가. 우리가 에우로페를 공격하면 툰카이도 합세를 할 게다. 그 과정에서 북부의 영토를 달라고 한다면 군말 없이 받아들이겠지. 엘리치산맥은 그 북부의 영토를 통해 공략을 하도록 해라."

"에우로페와의 전쟁은 선생님께서 지휘하실 생각입니까?"

"그래. 그 지역은 내가 가장 잘 알고 있으니까 말이지."

쥬라스는 턱을 쓰다듬으며 고개를 끄덕였다.

"나쁘지는 않은 구도군요. 그렇게 되면 스벤너 쪽에서 밀고 들어오겠지만……. 그 부분은 리안드가 수비를 해 주면 되니까요. 알스, 당신이 엘리치산맥으로 간다고 했을 때, 당신 대신 군을 지휘할 수 있는 인재가 있습니까?"

"어……. 올라프나 소피아, 루트거가 있습니다."

"그 정도면 괜찮을지도 모르겠군요. 좋습니다. 저는 이의 없습니다."

쥬라스가 최종적으로 동의를 표하며 작전의 개요가 수립. 남은 건 세부 조정뿐이었는데, 이는 카이엔이 전부 준비를 해 왔기에 나는 잠시 휴식을 얻을 수 있었다.

작전이 변경된 만큼 툰카이에 잠입을 해야 하는 애쉬 일행에게도 전달을 해야 했다.

나는 류나를 안아 든 채 그들이 있는 곳으로 향했다.

그러자 류나가 안절부절못한다.

"아빠, 저기에 엄마 있어."

"안 돼, 운동도 해야지."

그렇게 유미르에게 돌아간 류나는 시무룩한 표정으로 다이어트를 하러 간다.

나는 모여 있는 애쉬 일행에게 말했다.

"작전이 변경됐습니다. 소피아, 당신은 다시 남부로 돌아가야 할 것 같아요"

작전의 개요를 듣자 소피아는 자신감을 드러냈다.

"이러면 스벤너와의 정면충돌이 되겠군요?"

"우리는 받아치기만 하면 돼요. 루트거, 올라프와 상의를 해서 움직여 줘요. 그리고 애쉬! 너도 우리랑 동행을 해 줘야 겠어. 드래곤이 숨어 있는 곳을 찾으려면 너와 리시테아의 도움이 필요할 것 같거든."

애쉬는 어깨를 으쓱한다.

"너무 기대하지는 마. 우리도 그곳 지리를 다 알지는 못하거든. 워낙 험준한 곳이라서 말이야."

그렇게 시작이 된 작전.

첫 번째 포인트는 과연 상대가 우리의 의도를 읽을 수 있는가였다.

준동하기 시작한 크로싱, 리안드, 알바드의 연합군.

연합군이 먼저 움직일 거라고는 예상하기 힘든 상황이었기에 스벤너의 군영엔 비상이 떨어졌다.

대장군이자 십걸의 수위로 불리는 제무토는 팔짱을 낀 채 전도를 응시하고 있었다.

이 군부 회의장에는 모신의 수족이자 이종족의 영웅인 캘버린도 있었다.

제무토가 중얼거린다.

"에우로페를 침공하다니, 의도를 알 수가 없군."

그는 자연스레 캘버린을 응시했다.

"너희의 짓인가?"

"……."

캘버린은 천천히 고개를 끄덕였다. 어색한 중앙 대륙 언어로 말을 한다.

"저들이 노리는 건 툰카이입니다."

"툰카이를? 전략적 가치는 없을 텐데."

"그곳에 이 대륙을 분단시킨 드래곤이 있습니다."

이 말에 다른 장교들은 어이가 없다며 고개를 흔들었다.

오직 제무토만이 굳은 표정으로 수긍하고 있을 뿐이다.

"그래서 그 드래곤은 찾아냈나?"

"아직 내부로 들어가는 통로를 찾아내지 못했습니다. 마법을 사용한다면 금방 발견할 수도 있겠지만 그게 불가능한지라……."

"그 드래곤을 발견하면 우리에게 무슨 이득이 있는 거지?"

"분단 결계를 없애 버릴 수 있습니다. 외부에 있는 우리 세력이 이곳에 올 수 있겠지요."

"그건 상대도 마찬가지 아닌가?"

"그렇습니다만, 적어도 지금 이 국력의 차이는 뒤집을 수 있을 겁니다."

지금 문제는 식량이었다. 식량만 충분하면 더 많은 병력을 편성할 수 있다.

외부 세계는 식량이 풍부하니 그걸 이쪽에 들여오면 스벤너는 더 막강한 군사력을 가질 수 있게 된다.

"흠……."

그렇다고 툰카이 방면을 수비하기에는 저항감이 있었다. 엘리치산맥은 대륙 북서부 끝자락에 있기 때문이다.

거기에 수만의 병사를 투입했는데 막상 상대가 공격해 오지 않는다면, 그 수만에 달하는 병력을 장시간 놀게 하는 꼴이 된다.

제무토는 고개를 흔들었다.

"툰카이 지역에 추가적인 지원군은 파견하지 않겠다. 네 주인에게도 그리 전해라, 캘버린."

"……장군으로서 현명한 판단이라고 생각합니다, 제무토."

"우리는 서방과 함께 리안드와 발라스를 공략하도록 하겠다. 캘버린, 너도 도와라."

툰카이 방면을 무시하고 동진을 시작하는 스벤너.

알스가 부재한 상황에서 이를 막아야 하는 건 소피아와 루트거였다.

북진하는 우리 군세와 동진해 오는 적의 군세.

이게 맞물리면서 전황이 꽤나 오묘해졌다.

크로싱의 군대를 이끌고 베카비아 북부 지역을 지나 툰카이의 영토 내로 들어온 나는 시간 단위로 첩보를 받고 있었다.

"급보! 스벤너의 10만 병력이 발라스를 침공! 루트거 장군님이 대응에 나섰습니다!"

"보고드립니다! 서방에서 대군이 이동 중! 목표는 우리 리안드입니다!"

본격적으로 개전에 들어간 대전쟁.

전황 자체는 우리가 유리했다.

스벤너는 툰카이에 대한 추가적인 방위를 포기한 상태였다. 방어를 하기에는 수비 라인이 너무 넓기 때문이다.

그러니 툰카이 지역을 내주는 한이 있더라도 우리 리안드의 영토를 뺏어 내겠다는 것이다.

'걱정되네.'

소피아와 루트거의 능력은 의심할 여지가 없지만 상대의 능력이 워낙 출중하니 어떻게 될지 짐작이 가질 않았다.

우리가 북부를 평정할 때까지 버티기만 하면 되는 상황이니 전술적으로 유리하긴 하지만 그렇다 해도 불안했다.

'쥬라스 녀석이 백업을 해 준다고 했으니 그걸 믿는 수밖에.'

우리는 보급로만 확보를 하며 쾌속 진군을 해 툰카이 지역으로 진입했다.

여기서 군대를 나눠 주변을 빠르게 평정하기로 했다.

"가스파르, 1만을 주겠습니다. 주변에 위협이 될 만한 군대를 전부 쫓아내세요."

"알았어!"

"안톤, 당신은 3만의 병력을 데리고 부근의 도시를 점령해 줘요. 도시의 시민들은 격렬히 저항하지 않을 테니 어렵지 않을 겁니다."

"옛!"

"애쉬, 너한텐 2천의 기병대를 줄 테니 선행하여 적을 흔들어 놔 줘."

"리시테아도 데려갈게!"

그렇게 군을 나눈 후에는 오로지 엘리치산맥을 향해 직진했다.

이틀 정도를 행군하자 드디어 엘리치산맥의 초입이 보여 온다.

'이게 엘리치산맥…….'

쿠라벨 성국이 위치해 있던 산지보다도 훨씬 험준해 보였다.

'이 정도 크기면 상대도 찾기 힘들 수밖에 없겠네.'

드래곤이 커다랗긴 해도 기껏해 봐야 거대한 저택 하나의 크기다.

그 반면 이 산맥은 어지간한 국가 하나의 크기였다. 지하 통로를 찾지 못한다면 아무리 드래곤이라도 찾기 어려울 테다.

타닷! 그때 정찰을 다녀온 유미르가 말한다.

"도련님, 적의 병력은 거의 보이질 않습니다."

"이렇게나 넓으니까. 그럼 바로 가자."

우리에겐 애쉬와 리시테아라는 토박이 길잡이가 있었기에 금방 중심부로 향할 수 있었다.

그러던 도중 이상한 것을 발견하게 됐다.

땅 하나가 무참히 박살 나 있었던 것이다. 이를 본 리시테아가 비명을 지른다.

"앗! 기둥을 부숴 버렸잖아!"

"기둥이라니요?"

"우리 부족의 상징 같은 거예요. 매년 이곳에서 제사를 지냈는데……."

묘한 감각을 느낀 나는 곧장 엘레나를 불렀다.

엘레나도 내 의견에 동의를 하는지 고개를 끄덕인다.

"우리 쿠라벨에 설치돼 있던 결계와 비슷한 것일지도 모르겠네요. 하지만 그런 거라면 애쉬와 리시테아라 모를 리가 없어요. 아마 외부인의 침입을 격퇴하는 용도의 결계는 아닌 것 같아요."

뭐가 됐든 상대는 이걸 파괴했다.

여기에 더불어 여러 곳을 악의적으로 들쑤셔 놨다.

왜 그랬는가 의문을 표하고 있던 찰나.

에오니아가 눈살을 찌푸리며 말해 왔다.

"똑같습니다."

"응? 뭐가?"

"쥬라스 파밀리온 그자가 우리 쿠라벨 성국의 결계를 파괴했을 때와 똑같아요. 녀석은 지맥을 훼손해서 마력의 공급을 끊어 버렸습니다."

"지맥을 끊는다……?"

그때 애쉬가 소리쳤다.

"알스! 이쪽으로 와 봐!"

그것은 지하 통로를 찾았다는 신호였다.

너무나도 쉽게 찾아낸 지하 통로.

애쉬와 리시테아가 이곳 출신이기에 가능한 것인가 했으나 그런 건 아니었다.

지하 통로는 여러 개가 있었고, 그중 하나는 마을의 중심부에 있었다.

그 중심부의 통로에는 사람이 드나든 흔적이 보였다.

즉, 스벤너의 군대도 이 통로를 발견했다는 뜻이다.

"애쉬, 이 통로에 대해 알고 있는 거 없어?"

"몰라, 대장로님의 집에 드나든 적이 있어야지."

"그 대장로님은……?"

내 물음에 리시테아가 대신 답했다.

"30년 전에 돌아가셨습니다. 이후엔 여러 장로님들이 힘을 합쳐 함께 꾸려 나갔지만……. 지금은 뿔뿔이 흩어진 것 같아요."

"무너질 위험은 없겠죠?"

"저도 잘……."

어쩔 수 없이 선행을 보내야 했다.

나는 직접 들어가려 했으나 다른 가신들이 펄쩍 뛰며 말리며 가스파르와 엘레나가 들어갔다 오기로 했다.

둘은 1시간 정도가 지난 이후에 돌아왔다.

"무너질 위험은 없는 것 같아. 오히려 절대 무너지지 않도록 설계를 한 것 같아."

"절대 무너지지 않게끔요?"

"들어가서 확인을 해 봐라. 너도 놀랄걸."

확실히, 쉽게 무너지는 통로였다면 스벤너의 군대가 가만 놔뒀을 리가 없다.

우리는 천천히 통로로 들어갔다.

통로는 아래로 이어져 있었다.

나선형의 계단이 쭉 이어져 있었고, 다른 통로도 있는지, 여기저기 구멍이 뚫려 있었다.

그 종점은 100m 정도 아래의 지하였다.

이 지점에 오자 나는 느낄 수 있었다.

"이건······!"

벽을 빼곡하게 채우고 있는 주문의 흔적이었다.

그것은 전부 보호 마법이었다. 이곳이 무너지지 않게, 침입을 허용하지 않게 만드는 마법.

이때 도로시가 말한다.

"지하라 그런지 이곳에선 마법을 사용할 수 있는 것 같아. 괜찮다면 구원이동을 걸어 줄까?"

"그러는 게 좋겠어. 더 아래에 뭐가 있을지 알 수 없으니······."

도로시는 모두에게 구원이동을 시전해 주었다. 그리고 본인은 마나가 고갈됐는지 권터의 부축을 받아 위로 돌아갔다.

우리는 이후로도 50m 정도를 더 아래로 이동. 그제야 커다란 공동에 도착했다.

이 넓은 공간에는 사람의 흔적이 보였다.

스벤너의 병사들이 헤집어 놓은 흔적이다.

"혹시나 함정 같은 게 설치돼 있을 수도 있으니 조심하세요."

나는 빛의 마법을 시전해 조명을 만들었다.

빛이 주변을 밝히자 이곳이 무엇인가가 명확해졌다.

공동 한편에 커다란 철문이 서 있었기 때문이다.

그 주위로 보호 마법의 기색이 더 강해졌다. 스벤너의 병사들은 폭파를 시키거나 주변 땅을 파 버리거나 해서 그 문 뒤로 넘어가 보려 했으나 보호 마법으로 인해 불가능했던 듯하다.

주변에 채굴 장비들이 너저분하게 흩어져 있었다.

나는 그 뒤에 드래곤이 있다고 확신했다.

"그건 그렇다 쳐도……."

저 문을 어떻게 열어야 하느냐가 문제였다.

이를 리시테아에게 묻자 그녀는 애매하게 고개를 흔들었다.

"장로님들이 그런 얘기를 한 적이 있어요. 우리 플로란드 부족은 자격이 있는 사람을 기다리고 있다고……. 그 사명을 가지고 있다고요."

"자격이 있는 사람?"

혹시 나인가 싶어 문에 손을 가져다 대 보았지만 파직! 오히려 반발이 생기며 튕겨 나오고 말았다.

"적어도 나는 아닌 것 같은데. 곤란하네……."

이러면 우리도 파괴를 시도해 봐야 했다.

"다들 물러서요!"

나는 비전의 창을 사용해 보기로 했다.

"흐읍……!"

마나를 최고조로 모은 뒤 팡! 문을 향해 발사.

파지지직! 창은 문의 보호 마법과 충돌하더니 콰광! 하며 폭발했다.

그러나 철문은 멀쩡했다. 보호 마법도 여전했고.

"흠집조차 나지 않다니……."

이러면 우리로서도 방법이 없었다. 일단 돌아가서 반달린이나 올킨에게 자격이 있는 자에 대해 묻는 수밖에.

그러나 그때였다.

"에오……?"

에오니아가 무언가에 홀린 듯, 철문으로 향했다.

그러자 철문의 마법진이 요동치기 시작했다.

'설마 자격이 있는 사람은 쿠라벨 성국의 사람을 말하는 걸까? 아니, 그런 거라면 너무 막연하잖아.'

그녀가 철문에 손바닥을 가져다 대자 내가 했을 때와는 다른 반응이 나왔다.

보호 마법이 발동돼 반발하는 게 아니라 철컥, 철컥! 하며 문의 잠금이 풀려 버린 것이다.

다들 놀라고 있는 사이, 엘레나가 말한다.

"자격이 있는 사람……. 우리 발키리를 말하는 것 같아요.

우리에게도 그런 얘기가 전해져 왔었거든요. 우리는 열쇠의
역할을 맡고 있다고…….”

"과연…….”

오메론은 생각했던 것이다. 쿠라벨 성국을 포섭한 자라면
이 중앙 대륙의 미래를 함께 논의할 가치가 있을 거라고.

그렇기에 미라벨의 핏줄을 이은 발키리가 열쇠가 된 것이
다.

쿠라벨의 발키리는 오직 주군만을 따르니까.

어쨌든 철문이 열렸으니 들어갈 일만 남았다.

나는 조심스럽게 철문을 열고 안으로 진입했다.

철문의 뒤에는 또 하나의 통로가 있었다. 그 통로를 따라
100m 정도를 이동하니 이번엔 아무런 보호 마법도 걸리지
않은 문이 보였다.

그 문을 열자 커다란 공동과 함께 황금빛의 드래곤이 보여
왔다.

그 드래곤은 눈을 뜨고 있었다.

어째서인지 분노한 채로 우리를 노려보고 있었다.

"설마 쿠라벨의 발키리가 모신과 손을 잡을 줄이야. 이런
슬픔을 느낀 건 오랜만이군.”

몸이 울리는 것 같은 중후한 목소리였다.

적대감이 담겨 있어서 그런지 소름이 돋았다. 그 적의에 우리 가신들은 각자 무기를 빼 들고 전투태세에 들어갔다.

나는 서둘러 오해를 풀기로 했다.

"모신……? 아닙니다! 우린 모신의 권속이 아니에요!"

"헛소리를! 너희들이 지맥을 파괴하고 문을 파괴하려고 하지 않았더냐! 조금 전에도 그랬지!"

"그, 그건 그냥 시험을 해 보려고……."

"시끄럽다!"

파직! 파지직! 그의 입에서 전류가 뭉치기 시작했다.

에리나가 시전하는 번개 마법 수백 개를 뭉친 것 같은 덩어리.

녀석은 그걸 토해 내듯 우리에게 뿜어냈다.

"알스!"

"젠장, 이게 뭐야!"

가신들이 나를 보호하며 오러의 방어막을 사용해 겨우 방어를 해냈으나 오메론은 곧바로 추가 공격을 준비하고 있었다.

'뭔가 녀석을 설득할 방법이…….'

그때 문득 떠오르는 게 있었다.

"올킨!"

나는 그렇게 소리쳤다.

그러자 다시 한번 브레스를 뿜어내려던 오메론이 멈칫한다.

나는 그사이 재빨리 말을 이어 갔다.

"올킨이 그러더군요. 오메론은 성질이 급하고 흥분하기 쉬우니 아이를 달래듯 대해야 한다고."

"……뭣이라?"

"반달린도 동의를 했습니다. 오메론은 형제 중에 가장 강직하지만 그 탓에 멍청한 일을 벌일 때가 많다고."

"…….."

"알트론은 아예 질색을 하더군요."

"네놈……."

스르륵 사라지는 브레스.

"내 형제들을 만났던 게냐? 하지만 반달린과 알트론은 그렇다 쳐도 어떻게 올킨을……?"

올킨의 사정에 대해선 그도 모르고 있는 듯했다.

나는 앞으로 나서서 설명을 시작했다.

그 설명을 전부 들은 오메론은 부쩍 얌전해져 있었다.

"역시 그랬던 건가. 올킨 녀석이 타락했다고 들었을 땐 무언가 착오가 있는 게 아닐까 싶었다. 그게 설마 모신을 함정에 빠뜨리기 위함이었다니. 그 녀석……."

"이제 진정이 됐나요?"

"그래, 너희들은 얼마 전에 찾아온 모신의 끄나풀은 아닌 것 같구나. 제대로 미라벨의 핏줄도 데려온 것 같고 말이야."

"미라벨이 그렇게 중요합니까?"

"중요하지. 미라벨의 핏줄을 이은 자만이 모신을 죽일 수 있으니까."

"……!?"

그래서 모신은 저주를 내렸다. 미라벨의 핏줄이 끊어지게끔.

"대체 어째서……."

"올킨이 말하길 미라벨은 소멸해 버린 우리 창조주 부신의 권능을 이어받은 자 중에 하나라고 했어. 자세한 건 올킨에게 물어봐라. 그보다도……. 너는 뭐지? 난 너의 존재가 더욱 궁금하구나."

"저는 평범한 인간입니다."

……라곤 해도 여러 사정이 있으니 그걸 전부 설명했다.

오메론은 희미하게 웃었다.

"우리 형제들과 전부 만나고 인정을 받았다는 건가. 그거 참……."

"공존의 메파트라와는 이야기를 나누지 못했습니다만."

"그 녀석은 어쩔 수 없지. 미쳐 버린 상태니까."

나는 이 대륙의 상황을 이야기했다.

모신을 궁지에 몰아넣기 위한 대전쟁이라는 말에 오메론도 고개를 끄덕였다.

"역으로 모신을 내 구역에 잡아 놓은 셈이군. 하지만 모신은 이미 발을 내뺐을 가능성이 있다. 소기의 목적은 달성했거든."

"소기의 목적이라니요?"

"엘리치산맥의 지맥을 파괴한 것 말이다. 그로 인해 이 이상 분단 결계를 유지할 수 없게 됐다. 난 그 지맥에서 흘러들어 오는 마력을 이용해 결계를 유지시키고 있었으니까."

분단 결계의 파괴는 내 입장에서도 바라 마지않는 것이었다. 다만 시기가 안 좋다.

지금 분단 결계가 사라진다면 연맹 쪽에서 지원을 올 테니까.

"잠시도 버티지 못하는 겁니까? 지맥을 어떻게든 복구해 보겠습니다."

"한번 파괴된 지맥은 복구할 수 없느니라. 그 흐름이 다른 곳으로 바뀌어 버렸으니까. 복구를 한다고 한들 지맥은 내가 있는 곳으로 흐르지는 않아."

"으음."

"그래도 안심해라. 분단 결계가 바로 없어지는 것은 아니니. 못해도 1년은 버틸 것이다."

"1년⋯⋯!"

그때까지는 이 전쟁을 마무리해야 한다는 뜻이었다.

오메론과의 대화를 끝낸 나는 이곳 엘리치산맥에 대한 방위를 강화한 뒤 군영에 복귀를 했다.

'이걸로 모든 드래곤과 만난 셈인가.'

메파트라를 제외한 드래곤들 모두 이 세계를 위해 움직이고 있었다.

중앙 대륙을 분단시킨 오메론의 목적도 궁극적으로는 화합을 위함이었다. 쿠라벨 성국의 충성을 받은 자가 찾아오길 기다리고 있었던 것이었으니.

쥬라스가 그 쿠라벨 성국을 멸망시켜 버리며 일이 틀어져 버렸지만, 결국 내가 그 역할을 맡게 됐다.

이제 남은 건 하나.

'전쟁을 이기고 모신을 죽이면 끝이야.'

오메론의 말마따나 모신이 이미 발을 내빼 버렸을 가능성이 있었지만, 나는 그러지 않았을 것이라 예감하고 있었다.

지금 외부는 반달린, 그리고 엘프들을 앞세운 알트론이 쥐잡듯이 수색을 하고 있기 때문이다.

리치인 니니아의 도움도 있으니 모신의 거처를 찾는 것도 금방일 테다.

그러니 모신의 입장에선 차라리 분단 결계가 사라지길 기다리는 게 좋을 수도 있다. 분단 결계가 사라지면 필히 세계에 혼란이 올 것이니 그 틈을 이용해 도망갈 수 있다.

이는 나에게도 큰 과제였다.

1년 내에 전쟁을 이겨 대륙을 통일하고 모신을 죽인 뒤, 엘란 왕국과 협력하여 연맹을 정리하여 전 대륙을 평정해야만 했다.

'1년……. 시간이 생각보다 촉박한데.'

그런 걱정 속에서 크로싱 방면으로 돌아온 내게 나쁜 소식이 기다리고 있었다.

"보고드립니다!"

절박한 표정으로 소식을 전하기 시작한 리안드의 정보원.

"농성을 하던 우리 군이 적의 기습을 받고 패퇴! 군을 지휘하던 올라프 님이 적군에 사로잡혔다고 합니다!"

패전에 이어 중요한 가신마저 포로로 잡혀 버린 상황.

나는 순간적으로 패닉에 빠질 수밖에 없었다.

본토에서 들려온 충격적인 소식.

바이언에 돌아온 나는 정신없이 상황 보고를 듣고 있었다.

"올라프가 생포당하다니, 어떻게 그런……?"

헬리안 공작은 침통한 기색으로 말했다.

"함정에 걸린 모양이네."

상황은 간단했다.

남부 영토의 방위를 맡고 있던 총대장 소피아는 10만의 병력을 북부, 중앙, 남부 세 갈래로 나눠 농성을 지시했다.

북부에는 루트거, 중앙에는 본인, 그리고 남부에는 올라프를 장군으로 임명. 툰카이 방면으로 향한 내가 돌아올 때까지 군사 요새를 이용해 시간을 벌려는 속셈이었다.

그러나 올라프가 농성을 하기로 결정한 남부의 요새 빌런은 우리가 모르는 특징을 가지고 있었다.

"비밀 지하 통로요?"

"그래, 서방의 군대는 그걸 알고 있었네. 그 내부에 뷜랑의 수뇌부가 있었으니까. 그 지하 통로를 타고 특공대가 중심부로 침투를 한 모양이네. 올라프는 발 빠르게 대처를 해서 병력을 물리는 것에 성공했지만, 그 본인이 생포당하고 말았어."

서방의 내부에는 뷜랑의 1왕자, 2왕자, 더불어 주요 귀족들이 합류해 있었다.

그들의 영향으로 지리에 대한 이점은 없을 거라 예상을 하긴 했지만, 설마 이런 치명적인 약점을 쥐고 있을 줄이야.

"당장 소피아에게 전해요. 남부에 있는 모든 군사 요새를 재점검하라고요."

"그건 이미 하고 있을걸세. 그보다⋯⋯. 어쩌겠나?"

생포당한 올라프를 어떻게 하겠냐는 물음.

나는 아무런 대답도 하지 못했다. 그야 상대가 포로 교환을 안 해 준다고 하면 답이 없는 상황이었으니까.

차라리 호들갑을 떨지 않는 편이 나을지도 몰랐다.

올라프의 정체에 대해선 적도 빠르게 판단을 내리지 못할 것이다. 중책을 맡고 있었으니 군 내 비중이 높다고 생각은 할 테지만, 그렇다고 내 중요한 가신이라고는 곧바로 생각하기 힘들다.

그 부분을 이용해 은근슬쩍 포로 교환을 할 수 있을지도 몰랐다.

'희망적인 관측이긴 하지만……..'

나도 마음이 편치 않았지만 지금은 그렇게 믿고 있는 수밖에 없었다.

그때 가스파르가 말한다.

"특공대를 파견해 보는 건 어떠냐?"

"적진 한가운데에 특공대를 파견하는 건 미친 짓이에요. 도리어 더 잡혀 들어갈 가능성이 높습니다."

"몇몇이 미끼가 되면 돼. 내가 미끼가 돼서 올라프를 탈출시키겠다."

"유미르와 류나가 슬퍼할 거예요. 저도 원하지 않고요."

"……빌어먹을!"

분통을 터뜨리며 방을 나서는 가스파르. 헬리안 공작도 내 출정을 준비하겠다며 떠나갔다.

나는 이마를 감싸 쥔 채 눈을 질끈 감았다.

포로로 잡혀 버린 가신. 내가 가장 우려하던 상황이었다.

"올라프⋯⋯."

쿵! 그때 집무실의 문을 열어젖히며 율리아 누나가 나타났다. 뒤에는 메이센까지 있었다.

"막둥아! 우리 서방님 좀 어떻게 해 줘!"

애걸복걸을 하는 누나. 메이센도 울 것 같은 표정으로 애원을 했지만, 나로서도 마땅히 해결책이 없는 상황이었다.

지금은 침투해 있는 첩자들을 통해 정보를 수집해야만 했다.

이미 그 부분에 대해 안톤에게 부탁을 한 상황이었다.

"누님, 심정은 알겠지만 의연하게 기다려 주세요."

"그치만⋯⋯!"

"상황이 좋지 않다는 건 저도 알아요. 그래도 성급하게 움직였다간 더 큰 화를 불러올 거예요."

"흑⋯⋯! 흑!"

오열하는 율리아 누나. 그 등을 메이센이 쓰다듬으며 달래 준다.

최근 메이센이 출산을 하자 율리아 누나가 물심양면으로 도와주며 친해져 있었다. 올라프만 무사히 돌아온다면 사이 좋게 백년해로를 하겠지.

메이센은 눈물이 그렁그렁한 눈으로 내게 말한다.

"알스, 당신이라면 최선의 판단을 내려 줄 거라 믿고 있어요. 설령 올라프 님이 생환하지 못한다고 해도……. 저는, 이해를…… 할 겁니다."

"무리하지 마세요."

마침 유미르가 상황을 보러 와 있었기에 둘을 맡겼다.

둘이 떠나가 혼자 남게 된 나는 머리를 환기할 겸 곧 있을 전쟁의 작전을 구상했다.

올라프가 뚫려 버리며 남부를 관통당한 우리의 전선은 크게 무너져 있었다.

상대는 남부에 보급로를 구축하며 남부의 최대 요지인 레노바를 겨냥하기 시작했다.

레노바를 뺏길 경우 서부와 북서부 영토까지 자연스럽게 넘어가 버리는 만큼 그 지역은 꼭 사수를 해야 했다.

'이곳이 격전지가 되겠군.'

나는 레노바 지역의 전도를 펼쳐 놓고 한참을 바라보았다.

그러던 중, 생각지도 못한 손님들이 나를 찾아왔다.

드래곤 반달린과 알트론이었다.

인간 노인의 형태를 한 반달린과 엘프 할머니의 형태를 한 알트론.

나는 둘을 정원 쪽으로 안내하여 응접을 했다.

"잘 어울리시네요. 누가 보면 부부인 줄 알겠어요."

내 농담에 둘이 버럭한다.

"우리가 왜 부부냐!"

"헛소리 마라!"

이렇게 합이 잘 맞는 부분은 영락없는 부부 같았지만 어쨌든.

반달린이 고개를 절레절레 흔들며 말했다.

"오메론을 찾아냈다고 들었다."

"예, 엘리치산맥 지하에 있었습니다."

"플로란드 부족이 지키고 있었던 건가……. 내가 일찌감치 알아챘어야 했거늘."

"알아챘어도 크게 달라질 건 없었을 겁니다. 애초에 그 문의 봉인을 해제하려면 미라벨의 핏줄이 필요한 모양이니까요."

"미라벨? 그건 어째서지?"

내막을 전달하자 둘은 탄식했다.

"역시 그랬던 건가. 오메론 녀석도 생명의 존속을 위해……."

"여러분 모두 엇박자가 난 거죠."

메파트라를 제외한 드래곤 넷은 제각각 미래를 위해 행동을 했다.

"함께 소통을 했다면 지금과는 다른 결과가 나왔을지도 모르겠네요."

"그거야 이놈이 섬에 틀어박혀 있으니까 그랬지!"

반달린의 비난에 알트론이 펄쩍 뛴다.

"먼저 은거를 한 건 네놈이다!"

"뭐라고!?"

유치한 싸움을 시작하는 둘.

머리가 아파지기 시작한 나는 둘에게 오메론을 만나고 올 것을 요구했다.

그 길잡이로는 엘레나를 붙여 줬다.

끊임없이 티격태격하는 둘을 보고 엘레나는 가기 싫다며 질색을 했지만 어쩔 수 없었다.

그렇게 둘을 배웅한 뒤에는 헬리안 공작의 출진 준비가 끝나며 남부로 향하는 여정에 들어갔다.

한편 서방과 스벤너의 진영.

이곳에선 첫 교전의 승리를 만끽하고 있었다.

요새를 탈취하며 남부 영토에 대한 지배권을 얻게 된 서방은 본격적으로 악의의 송곳니를 드러냈다.

군의 주요 장군 중 하나였던 테토라 아니스트리는 분풀이를 준비 중이었다.

과거 자신을 물 먹인 알스에 대한 복수였다.

그는 케스퍼 밀리아스를 필두로 하여 민간인 학살을 시작하려 했다.

"케스퍼! 3천의 병력을 주겠다! 영토 내의 마을을 모조리 약탈하고 죽여라!"

"옛!"

케스퍼도 광기에 찬 얼굴로 명을 받들었다.

그런 그들을 스벤너의 인물들이 제지했다.

"멈춰라, 테토라!"

뷜랑의 왕자들과 귀족들이었다.

"이 땅은 우리가 수복하여 다스릴 곳이다! 이곳 시민들은 우리의 재산이고 자원이다! 감히 그걸 없애게 두진 않겠다!"

뷜랑의 인물들은 그들에게 합류하긴 했지만 엄밀히 말해 스벤너에 붙은 것이었다.

서방 민족과는 과거의 일로 인해 여전히 껄끄러운 관계였다.

테토라는 냉소하며 받아쳤다.

"과거의 권력에 취한 멍청이들이 내게 뭐라고? 스벤너가 네놈들에게 땅을 돌려줄 것 같아? 이용당하다 버려질 뿐이지."

"뭣이라고?"

"엘드릭 왕자는 그걸 알고 발을 내뺀 거야. 그런데도 네놈들은 멍청하게 뷜랑을 재건한다느니 헛소리를 하고 있으니 우스울 뿐이지."

그런 테토라의 일침에 스벤너의 2장군 하시쿠란이 주의를 준다.

"테토라 아니스트리, 우리 스벤너는 뷜랑 재건에 협조를 하기로 결정했습니다. 당신이 뭐라 할 부분이 아닙니다."

"잘도 그런 입에 발린 소리를 하네?"

"입에 발린 소리가 아니라 이것이 진실입니다. 뷜랑은 재건될 것입니다."

놀랍게도 스벤너는 정말로 그럴 계획이었다.

이는 모신의 입김이 있었던 탓이다.

모신의 계획은 이 중앙 대륙을 혼돈으로 몰아가는 것이었다.

이후 분단 결계가 없어지면 외부에 있던 연맹의 전력을 투입해 모든 국가를 멸망시키고 생명을 없애는 것이다.

그런 의미에서 스벤너가 대륙을 통일하는 것도 바람직하지 않은 형태였다.

하여 뷜랑을 부활시켜 더욱더 혼란을 부추기려는 것이다.

"뭐, 좋아. 가지고 놀 장난감은 많이 있으니까. 포로들에 대한 처우는 우리에게 일임하기로 했던 걸 잊지는 않았겠지?"

"……좋을 대로 하시길."

"흥."

테토라는 코웃음을 치고는 케스퍼를 대동한 채 포로들의

고문이 진행되고 있는 곳으로 향했다.

피가 터지는 소리와 비명을 즐기러 온 테토라는 올라프를 발견한다.

올라프는 모든 것을 체념한 채 감옥에 앉아 있었다.

그 초연한 모습이 테토라의 심기를 건드렸다.

그녀가 케스퍼에게 묻는다.

"이놈이 군의 지휘관이었다고 했지?"

"예! 알스 일라인과의 관계는 아직 알아내지 못했지만 측근 중 하나였다고 추정됩니다."

"오호……. 이놈의 피부를 전부 벗겨 소금을 쳐서 놈에게 보내면 아주 재밌겠는데?"

"직접 하시겠습니까?"

"훗, 아니, 네가 해. 내 손을 더럽히기는 싫거든."

"옛!"

케스퍼는 곧장 고문 도구를 준비해 왔다.

올라프는 눈을 질끈 감았다.

'미안하다, 알스. 율리아와 메이센을 잘 부탁한다……!'

케스퍼는 짐승의 가죽을 벗기기 위한 용도로 제작된 칼을 꺼내 올라프에게 다가갔다.

그때였다.

"멈춰라."

제지를 하며 난입한 경갑의 무장. 테토라는 눈살을 찌푸렸다.

"네놈은……."

"스벤너의 특무장군 캘버린이다. 그 포로는 우리가 받아
가도록 하겠다."

"개소리 집어치워! 포로에 대한 처우는 우리가 일임을 받
았어!"

"경우에 따라서는 다르지."

캘버린은 펄럭! 스벤너 왕가의 인장이 찍힌 서류를 테토라
에게 던졌다.

그러곤 부하들에게 올라프의 신병을 확보할 것을 명령했
다.

이에 테토라가 맹반발을 하며 그의 측근 무인들이 무기를
빼 든다.

캘버린은 피식 웃었다.

"해볼 생각인가? 그런 거라면 말리지 않겠다만."

"크……!"

테토라는 마른침을 꼴깍 삼켰다. 그녀는 캘버린이 뿜어내
는 투기에 가볍게 압도가 돼 있었다.

캘버린은 위축이 된 테토라를 비웃고는 부하들에게 지시
를 했다.

그렇게 올라프는 고문을 당하기 직전에 구사일생을 한 셈
이었으나 상황은 여전히 비관적이었다.

주체가 서방에서 스벤너로 바뀐 것일 뿐, 앞으로 닥칠 운명은 똑같을 거라고 생각했으니까.

그러나 스벤너의 장교들에게 이송되고 잠시, 묘한 이변이 벌어졌다.

캘버린이 한 명을 제외한 장교들을 전부 물려 버리고는 나직이 말한다.

"이번뿐이다. 이 이상은 나도 의심을 받게 될 테니까."

이에 남아 있던 한 명의 장교가 정중하게 예를 표했다.

"고맙습니다, 캘버린."

"흥."

캘버린은 올라프를 한번 지그시 응시하고는 몸을 돌려 떠나갔다.

남아 있던 장교는 올라프의 포박을 풀기 시작했다.

어리둥절해하고 있는 올라프에게 장교가 속삭인다.

"오랜만이에요, 올라프 씨."

"그 목소리…… 애거트냐!?"

"헤헤, 목소리 낮춰요. 들키면 곤란해지니까."

포박을 푼 애거트는 준비해 둔 스벤너 병사의 갑옷을 올라프에게 건넸다.

"이걸 입고 내 뒤를 바짝 따라와요."

올라프는 병아리처럼 고개를 끄덕이며 지시대로 옷을 갈아입었다.

애거트는 스벤너 병사의 복장으로 갈아입은 올라프를 인도해 군영을 멀찍이 빠져나왔다.

인적이 드문 안전한 곳으로 나온 뒤에야 올라프가 말한다.

"애거트! 넌 지금까지 어디서 뭘 하고 있었던 거야?"

"알스 형이 말해 주지 않았어요?"

"듣기야 들었지. 알스의 어머니를 구하려다 노예상인들에게 잡혀 연맹에 팔려 버렸다고……."

"맞아요."

"그런데 어떻게……."

"제가 누굽니까! 보란 듯이 살아 있었죠!"

"허……!"

애거트는 윙크를 한다.

"알스 형에게 안부 전해 줘요. 언젠가는 되돌아가겠다는 얘기도요."

"그럴 게 아니라 지금 같이 가자!"

"안 돼요. 지금은 제가 이곳에 있는 게 여러모로 나을 것 같아요."

올라프는 입맛을 다셨다. 그 말대로 내부 첩자라는 의미로는 애거트가 남아 있는 게 나았으니까.

"정말 고맙다, 애거트. 나중에 거하게 한잔 대접하마."

"헤헤, 그땐 가스파르 스승이랑 안톤 형도 불러서 마셔요."

"그래, 꼭 그러자."

애거트를 한번 안아 준 뒤 떠나가는 올라프.

애거트는 주변을 한번 둘러본 뒤 군영으로 복귀를 했다.

# 6장

병력을 이끌고 남부로 온 나는 올라프의 구출 방법을 팔방으로 알아보았으나 마땅한 방법이 떠오르질 않았다.

적진에 침입해 있는 크로싱의 첩자들도 이미 죽었을 거라는 전망을 내놓았다.

그도 그럴 게 올라프의 행방이 묘연했을 뿐만 아니라, 올라프 외의 포로로 잡힌 병사와 장교 들도 험한 고문을 받고 처형을 당했기 때문이다.

그러니 올라프 또한 처형을 당했을 거란 예측이었다.

"그런……."

그 보고서를 읽고 있는 내 천막으로 율리아 누나와 메이센이 기척을 주며 들어왔다.

"누님……!? 미, 미안해요. 지금은 얘기하기 어렵습니다. 나중에…….."

"아니야, 숨길 필요 없어."

율리아 누나는 하염없이 눈물을 흘렸다. 이미 대략적인 정보를 전해 들은 모양이었다.

"올라프 씨는 이미 죽은 거지……? 그런 거지?"

"……."

"으아아아앙!"

풀썩 주저앉으며 오열하기 시작하는 누나. 메이센도 눈물을 보이며 고개를 숙였다.

나는 둘을 어떻게 위로해 줘야 하나 눈앞이 깜깜했다.

그와 함께 올라프를 처형한 상대에 대한 분노가 치밀어 올랐다.

'테토라 아니스트리……. 그년이야…….'

과거 민간인 학살을 자행했던 미친 여자. 한번 혼쭐을 내 주긴 했지만, 그것만으론 악연이 끝나지 않았나 보다.

'이번에야말로 끝장을 내 주지.'

올라프의 복수를 위해서라도.

나는 깊은 한숨을 내쉬며 율리아 누나의 등을 쓰다듬어 주었다.

그러나 그때였다.

"으엥? 왜들 그러고 있어?"

"올라프……?"

죽었다고 생각했던 그가 여유작작한 표정으로 가스파르와 함께 나타난 것이다.

율리아 누나와 메이센도 귀신을 본 것 같은 표정을 짓는다.

"당신, 어떻게……!"

"운 좋게 살아서 도망쳤지. 뭐, 우연이라기보단 필연이었지만. 그보다 뭐야, 내가 죽은 거라고 생각해서 울고 있었던 거야?"

율리아 누나는 감격하여 그를 와락 끌어안았다. 메이센도 눈물을 글썽인 채 웃는다.

그들의 해후가 끝난 뒤에야 사정을 들을 수 있었다.

"애거트가요!?"

"그래, 계속 연맹에 있었던 모양이야. 캘버린이란 자를 수행하고 있더군."

"캘버린……."

"이런 말을 하긴 뭐하지만, 애거트가 따르고 있는 것도 그렇고 나를 보내 준 것도 그렇고, 캘버린이란 녀석은 우리의 적이 확실한 거야?"

"표면적으로는 그래요."

나도 캘버린에 대해선 여러 의문을 가지고 있었다.

캘버린은 이종족을 이끌고 인간들에게 맞선 대영웅이지

만, 그 본인이 인간이라는 모순을 가지고 있다.

나는 그의 진의가 이종족과 인간의 조화가 아닐까 생각하고 있었다.

"그런데 어째서 모신의 권속이 되어 우리와 적대를 하고 있는 거지?"

"글쎄요, 그 부분은 직접 얘기해 보지 않으면 알 수 없을 것 같아요. 아마 저쪽도 순순히 이야기를 하려는 생각은 없을 테죠."

"그렇겠지. 얘기를 하고 싶었다면 애초에 우리에게 접촉을 해 왔을 테니까."

"예, 그러니 전쟁에서 꺾어 포로로 잡아 뒤에 얘기를 나눠 볼 생각입니다."

"잘됐으면 좋겠네. 내 입장에선 생명의 은인이니까."

"커다란 빚을 진 셈이죠."

"그보다 알스, 작전은 정해진 거야?"

올라프의 표정이 바뀌었다.

이번에 포로로 잡힌 부분에 대해 만회를 하고 싶은 모양이었다.

그는 독기 어린 눈빛으로 전도를 내려다보았다.

"고민 중이에요. 상대가 보급로를 확보하기 전에 공격을 가하느냐, 그도 아니면 수비를 하는 방향으로 전개를 하느냐."

"흠, 루트거 씨와 소피아 양은 뭐라고 하는데?"

"루트거는 수비를, 소피아는 공격을 원하고 있어요."

"알스 너는 중립일 테니 내가 다수결을 할 수 있다는 거군."

올라프는 한 지점을 가리키며 말한다.

"루덴 산지. 이곳을 기습 점거하면 상대의 보급 계획을 잠시 동안 차단할 수 있을 거야."

"루덴 산지……."

"그렇게 보급 계획에 차질이 빚어지면, 상대가 대응을 하겠지. 루덴 산지를 수복하려 할 수도 있고, 보급로를 우회할 수도 있어."

"아마 무조건 수복하려 할 겁니다. 루덴 산지를 우회해서 보급로를 구축하는 건 비효율적이기도 하고, 불안 요소도 많으니까요."

올라프는 고개를 끄덕였다.

"내게 5천의 병력을 줘. 그곳을 점거한 뒤에 목책을 쌓아 수비벽을 구축하겠어. 최소 보름은 버텨 보지."

"고산지대에서 농성을 하는 건 자살행위에요. 적군은 포위망을 구축한 채 식량이 떨어지길 기다릴 겁니다. 그러면 역으로 5천의 병력이 죽은 병력이 되는 거죠."

"핫, 나를 누구라고 생각해, 알스? 만일의 경우를 대비해서 그쪽에 손을 써 뒀다고. 뭐, 정확히는 소피아 양과 함께한 거지만."

"손을 써 뒀다면……."

호랑이도 제 말 하면 온다고 하던가.

내가 레노바 지역에 왔다는 얘기를 들은 소피아가 짬을 내어 내 군영으로 온 것이다.

그녀도 올라프의 무사 귀환에 놀랐는지 토끼 눈을 떴다.

"올라프! 무사했군요! 필시 죽은 줄로만 알았어요!"

"애거트 녀석에게 목숨을 빚졌습니다."

"애거트? 놀랍네요."

소피아도 캘버린에 대해선 중립적인 입장인지 추후 대화를 해 봐야 한다는 부분에선 동의를 표했다.

나는 그녀에게 루덴 산지에 대해 물어보았다.

"아……. 루덴 산지는 일종의 보험이에요. 북부, 중부, 남부. 저는 우리의 세 거점 중 하나가 뚫릴 경우를 대비해 놨거든요. 그중에서 올라프가 수비에 실패할 경우 상대는 바다를 타고 보급로를 구축할 가능성이 높으니까요. 그럴 경우 루덴 산지가 보급로의 요충지가 되죠."

"용의주도하네요. 그래서 그 루덴 산지에는 어떤 조치를 취해 놓은 거죠?"

"식량을 숨겨 놨어요."

"식량을……?"

"그곳 산지에는 철을 생산하던 광산이 있거든요. 지금은 폐광이 됐지만요. 그 공간에 식량을 저장해 놨어요. 여차할 땐 그곳에서 시간을 벌 속셈으로요. 지하수가 풍부해 식수에도 문제가 없으니, 수천의 병력이 주둔해도 보급 없이 두 달은 버틸 수 있죠."

"과연……."

올라프가 대신해서 말을 받는다.

"그곳에서 5천의 병력으로 한 달 가까이를 농성한다면, 적도 조급해질 거야. 그 빈틈을 찔러서 빼앗긴 남부 영토를 수복해 버리자고."

"……소피아, 당신 생각은요?"

"이미 상대에게 선수를 뺏긴 이상 상책은 되지 않겠지만, 못해도 중책 정도는 될 거라고 생각해요. 지금 상대가 원하고 있는 건 북부와 중부에 있는 우리 군대가 남부로 내려가는 거예요. 그 경우 서부에 주둔하고 있는 스벤너의 군대가 밀고 들어올 테죠. 그러니 북부와 중부는 움직이지 않고, 당신과 잔여 병력만으로 남부를 수복하는 게 바람직해요."

"……."

"알스? 왜 그래요?"

"아뇨, 약간 감격스러워서요."

과거의 전쟁에선 내가 혼자 작전을 생각하고 실행해야 했지만, 이제는 믿음직한 참모들이 있었다.

"그럼 이 방법대로 진행을 하면 되겠죠?"

"······아뇨."

"방금까지 실컷 고개를 끄덕여 놓고 이제 와서 아니라니요?"

"수 싸움은 잘했어요. 하지만 상대가 대처할 수 있는 수준일 겁니다."

"제 생각이 읽혔다고요?"

"아마도요. 그래도 효과가 없는 건 아니에요. 당신들이 상대와 수 싸움을 해 준 것만으로도 큰 이점을 쥐게 됐으니까."

"······?"

영문을 몰라 하는 소피아와 올라프.

둘은 내 작전 개요를 듣고는 미간을 찌푸렸다.

한편 남부에 위치한 서방의 군영.

테토라 아니스트리는 눈매를 좁힌 채 전도를 노려보고 있었다.

그런 그녀의 옆에서 케스퍼 밀리아스가 아첨하듯 작전을 설명했다.

"적은 필시 루덴 산지를 노릴 것입니다. 그곳을 점거하여 우리의 보급로 개척을 방해할 속셈이죠."

"······그래서?"

"예! 저들이 점거하길 기다리면 됩니다. 저들은 우리가 공격할 거라 생각하고 있겠지만, 그래 줄 필요는 없습니다. 그저 그대로 포위한 채 적들의 식량이 떨어지길 기다리기만 하면 되는 거죠. 그러면 적 병력을 고스란히 잡아먹을 수 있을 겁니다."

"아니."

"예?"

"뭔가 조치가 취해져 있을 거다. 식량을 수급할 수 있는 다른 방법이 있는 거지. 루덴 산지에 대한 다른 정보는 없나?"

"다른 정보라고 하시면……."

"뭐, 됐다. 보나 마나 숨어 있는 지하 시설 같은 게 있는 거겠지. 그곳에 식량이 있을 거다."

테토라의 이것은 직감의 영역이었다. 상대가 그 정도로 멍청하지는 않을 거라는 직감.

그 직감이 얼마나 날카로운지를 잘 알고 있는 케스퍼는 입맛을 다시며 말을 이어 간다.

"그, 그렇담 그 숨어 있는 식량을 당장 수색해서 불태우겠습니다."

"관둬, 그러면 들어오지 않잖아."

"그 말씀은……?"

"루덴 산지를 점거하라고 해."

"하면 보급로가 취약해질 텐데요."

"날 누구라고 생각해?"

"위, 위대한 테토라 님이십니다."

"이미 본토에서 보급이 시작되고 있다. 해로로 말이지."

"해로……?"

그들은 마치 송곳으로 찌르듯 남부 영토를 일점 돌파 하며 점령해 나가고 있었다.

그런 만큼 보급로가 주요 쟁점이 될 것은 명백했다.

테토라는 이걸 처음부터 의식하고 있었다. 리안드군이 보급로 쪽을 공략해 올 것을 일찌감치 눈치챘다.

그렇기에 미리 해상을 통한 보급을 계획해 놓은 것이었다.

"놈들이 루덴 산지에 병력을 투입하는 즉시, 우리는 레노바 지역으로 진군할 거야. 그러면 놈들은 닭 쫓던 개 신세가 되는 거지."

"그, 그렇군요! 상대가 육로에 신경을 쓰는 걸 역이용해서……! 역시 테토라 님이십니다!"

테토라는 지금까지 벌이고 있던 소피아와의 심리전을 알스와의 심리전이라 생각하고 있었다.

그렇기에 이번 한 수로 알스와의 심리전에서 승리한 거라 생각을 하고 말았다.

리안드의 별동대 수천이 루덴 산지로 향했다는 소식을 듣자 승기를 쥐었다고 확신하며 레노바로의 출진을 준비한다.

그 과정에서 여러 곳에서 제지가 들어왔다.

중부와 북부의 군을 지휘하고 있는 스벤너의 2장군 하시쿠란이 속도 조절을 요구한 것이다.

일단 루덴 산지의 군대를 포위한 뒤, 상대 군대의 움직임을 지켜보라는 요구였다.

여기에 더불어 특무장군 캘버린 또한 육상을 통한 보급로를 확보할 것을 지시했으나 테토라는 들어먹지 않았다.

"겁쟁이 녀석들."

테토라는 손수 7만의 군대를 이끌고 북상.

레노바의 턱밑까지 진군을 했다.

이 과정에선 매복의 위험도 없었다.

구 빌랑 지역인 이곳은 평야 지대가 많았다.

레노바는 그 평야 지대의 중심 같은 곳.

그러니 주변에 매복을 할 수 있는 공간이 없었다.

그렇기에, 알스는 매복 같은 잔꾀를 사용하지 않고 그대로 정면에서 테토라의 군대를 마주했다.

그 병력의 숫자는 같은 7만.

테토라는 그제야 모종의 불안감을 느꼈다.

"대체 뭐지?"

이 상황에선 책략이고 뭐고 없었다. 매복군도 없었고, 후방을 찌르는 별동대도 없었다.

순수한 힘과 힘의 대결. 전투 중간중간의 전술적인 대결이 있을 뿐이었다.

"설마……."

테토라는 믿기지 않았다.

개전부터 지금까지 그런 심리전을 벌여 놓고, 알스가 선택한 게 단순 전면전이었다는 걸 말이다.

"전군!"

알스는 선봉에 서서 창을 높이 치켜들었다.

그러자 선진에 있던 기마대 5천이 함성을 내질렀다.

"돌격–! 적들을 짓밟아라!"

탐색전도 없이 달려들어 오는 병력.

알스는 마치 전쟁이란 생각보다 단순한 것이라고 말하는 것처럼 힘으로 밀고 들어오기 시작했다.

넓게 펼쳐진 평야에서 벌어진 전투.

테토라는 설마 알스가 이런 단순한 전투 방식을 선택할 거라곤 생각지 못했다.

알스의 경우엔 대부분 치밀한 사전 작업을 벌인 후에 전투를 행했기 때문이다.

지금 이건 아무런 잔꾀 없이 힘과 순간순간의 전술로 밀어붙이겠다는 뜻이었다.

'뭔가 있다!'

테토라는 그렇게 지레짐작했지만 그 생각은 틀렸다.

알스는 정말 아무 생각 없이 순수하게 힘 싸움을 하려 하고 있었으니까.

물론 자신감이 있기에 가능한 전략이었다.

알스는 지금 이 형태를 이상적이라 판단했다.

적장인 테토라가 소피아와의 심리전에서 이겼다고 판단하여 탁 트인 평야로 섣불리 북진했기 때문이다.

"각 장교는 병사들의 지휘에 집중해라!"

알스의 지시에 장교들이 각을 잡았다.

"돌격!"

전군으로 밀어붙이는 리안드의 군세.

알스의 가신이 총동원된 이 군세의 위력은 상상을 초월했다.

기마대의 선진에선 안톤과 애쉬, 리시테아, 루크레치아가 달려들어 가고 있었고, 후발 보병대에도 일리야, 가스파르, 귄터가 지휘를 하고 있었다.

더불어 퍼지 일라인을 필두로 한 리안드 장교들도 있었다.

알스 또한 후발 보병대에서 에오니아, 유미르의 보호를 받으며 전투가 벌어지는 곳으로 침투해 들어갔다.

"으아아앗!"

콰드득! 상대의 방진을 찢고 들어가는 안톤.

쾅쾅쾅쾍! 애쉬와 리시테아, 루크레치아도 창을 빠르게 찌르며 뒤따라 들어갔다.

그렇게 기병대가 찢고 들어간 틈을 보병대가 공격하며 서방의 군대는 큰 혼란에 빠지고 만다.

"적의 기세가 심상치 않습니다! 선진이 붕괴하고 있습니다!"

"급보! 선진에 있던 리가렛 군장님이 전사! 장교들이 지시를 바라고 있습니다!"

테토라는 새하얗게 질려 그 광경을 바라보고 있었다.

"이, 이건 대체……."

과거 베카비아 전쟁에서 비슷한 일이 있었다.

쥬라스는 상대를 탁 트인 평야로 유도한 뒤 힘을 모아 정면에서 적을 무너뜨렸었다.

크로싱이 보여 줬던 버스터 콜.

그것을 알스는 자신의 가신들을 이용해 똑같이 재현해 낸 것이다.

차이점은 물론 있었다.

쥬라스의 경우에는 최대 2만의 병력으로 적진을 휘저으며 변수를 창출했던 거라면, 알스는 그냥 전부 들이받았다.

이후에 장교들에게 세밀한 전술 지시를 전달하여 전장의 병력들을 체스의 말처럼 움직이고 있었다.

"안톤에게 너무 깊숙이 들어가지 말라고 전해! 측면으로 빠져나와서 기마대의 태세를 정비!"

"옛!"

"일리야 스승은 작전 위치까지 들어가 그 위치를 사수하며
적 보병의 지원을 차단! 가스파르와 권터는 그 엄호를 받으
며 적의 궁병대를 공격하라고 전해!"

"바로 가겠습니다!"

알스는 잘 훈련된 특무대 대원들에게 지시를 하달하며 전
장을 조율했다.

"이걸로 초석은 쌓았고⋯⋯. 상대가 어떻게 나오느냐인
데⋯⋯."

여기서 테토라가 취할 수 있는 최선책은 전술에서 만회를
하여 받아치는 것이었다. 차선책은 병력을 추스르고 후퇴하
는 것.

"어쩔 생각이지?"

적장 테토라 아니스트리는 그런 알스의 예상을 벗어나는
선택을 했다.

그녀는 궁병대를 공격하고 있는 가스파르와 권터의 보병
대를 집중적으로 공격했다.

궁병대를 확실하게 보호하여 태세를 갖추고 반격을 가하
겠다는 것이다.

'나쁘지 않은 판단인데?'

그러나 그걸 미리 예상하고 일리야에게 위치 사수를 지시

한 것이었다.

일리야는 창을 치켜들고 소리쳤다.

"방패를 들어라! 적의 접근을 불허하겠다!"

끈질기게 버티는 일리야의 부대.

테토라는 입술을 질끈 깨물었다.

"어떻게든 뚫어 내! 뚫어 내란 말이야!"

이 전력에 최정예 부대가 투입됐다.

실력 있는 무장들이 일리야를 포위한 채 맹공을 가하고 있었다.

그렇게 일리야가 위기에 처한 순간, 더그덕! 더그덕! 알스의 지시대로 측면에서 빠르게 태세를 정비한 안톤의 기마대가 옆을, 상대의 허리를 찌르고 들어가 일리야를 구원하려 했다.

"흐읏!"

콰득! 적 무장의 목을 날려 버린 안톤은 일리야를 향해 손을 뻗었다.

일리야는 그 손을 잡고 튀어 오르듯 안톤의 뒤에 탑승. 그대로 전장을 빠져나와 가스파르가 있는 쪽으로 향해 기병 1백 기만으로 적 궁병대의 진형을 완전히 붕괴시켜 버렸다.

"끝이야."

전술적인 승리를 확신한 알스는 그대로 마무리를 짓기 위해 고삐를 움켜잡았다. 상대가 제대로 후퇴하지 못하게끔 목

덜미를 움켜쥐기 위함이었다.

그러나 그때였다.

"……?"

알스는 갑자기 느껴지는 섬뜩함에 적진의 후미를 바라보았다.

"역시 있었나……."

에오니아는 고개를 갸웃한다.

"알스 님, 왜 그러십니까?"

"전군 물러난다! 물러나서 태세를 정비해라!"

"예!? 하지만 지금 물러나면……."

"간섭이 들어왔어. 빨리 후퇴하라고 전해!"

일사불란하게 물러나는 리안드의 병력들.

가장 먼저 후퇴한 애쉬가 불만을 터뜨린다.

"왜 퇴각이야? 내가 리시테아와 함께 적장을 잡을 준비를 하고 있었는데."

"그랬다간 네가 살아 돌아오지 못했을 거야."

"뭐?"

그때 눈이 좋은 리시테아가 적의 후미를 보며 눈을 크게 떴다.

"저건……?"

적진 후방에서 빠르게 진군해 오고 있는 1만의 병력.

스벤너 군대의 병력이었다.

애쉬가 미간을 찌푸렸다.

"스벤너라니? 녀석들은 중앙에서 소피아 씨와 대치하고 있었잖아!"

"우회하던 병력이 있었던 거지. 기회를 보다가 우리 후방을 기습하거나 보급고를 습격하려 했던 거야."

"1만이나 되는 병력을 이렇게 감쪽같이 우회시킬 수는 없는데? 대체 어떻게……."

"해로."

"해로라니?"

"아까 보고를 받았잖아. 적이 해로를 통해 보급로를 구축했다고. 거기에 스벤너의 병력도 몰래 타고 있었던 거지."

알스는 이 병력을 전면에 나타나게 한 것만으로도 큰 성과라며 미련 없이 후퇴를 했다.

그래도 전과는 탁월했다.

7만과 7만이 부딪친 이 전투에서 리안드는 5천의 피해로 적에게 1만 5천의 사상자를 내며 가시적인 전과를 올리게 된다.

서방의 군대가 패전을 하며 일시적으로 교착 상황이 된 전선.

우리 입장에선 나쁘지 않았다.

육로의 핵심이 되는 루덴 산지의 요새화 작업도 올라프의 지휘하에 착실히 진행되고 있었기 때문이다.

상대는 해로를 통해 보급로를 구축한다는 편법을 사용했으나 해로를 통한 보급은 말처럼 쉬운 게 아니다.

한두 번이면 모를까 수만에 달하는 병력의 보급을 계속해서 해로를 통해 하기는 힘들다.

그렇기에 속전속결로 내가 주둔하고 있는 레노바를 뺏어 내려 한 것이다.

"처음부터 그걸 받아치려는 속셈이었군요⋯⋯!"

소피아가 감탄성을 내질렀다.

"맞아요. 그래서 대대적인 힘 싸움으로 몰아낸 거죠. 사실 더 피해를 줘서 괴멸시킬 생각이었지만⋯⋯. 상대 대응이 예상보다 빨랐네요."

적장, 스벤너의 특무장군 캘버린과 2장군 하시쿠란이다.

스벤너의 대장군 제무토는 중부 전선에서 카이엔과 전투를 벌이고 있으니 틀림없다.

북부 전선의 사령관인 루트거가 턱을 쓰다듬으며 말한다.

"적에게 더 피해를 주지 못한 부분은 아쉽군. 가능했다면 거기서 전황을 끝내 버릴 수도 있었을 텐데 말이야. 결국엔 대치 상황이 만들어졌군."

루트거는 전도의 말을 만지작거리더니 탁! 동부 영토의 군함을 내려보냈다.

"이렇게 된 이상 적이 해로를 마음대로 사용할 수 없도록 조치를 취하는 게 좋을 거네. 크로싱의 함대가 현재 쉬고 있는 상황이니, 그것을 이용해 해상 보급을 막도록 하는 게 어떤가?"

"너무 성급하게 할 필요는 없어요. 올라프가 루덴 산지의 요새화를 끝낸 시점에 해도 됩니다. 그때까지는 대치를 하며 다른 전선에서 변화가 있길 기다리는 게 낫습니다."

"카이엔 선생님의 전투 말인가⋯⋯."

"루트거, 북부의 사령관에 대해선 대체자를 찾았으니 당신은 카이엔의 부대에 합류해 주세요. 그를 보좌해서 전투를 수행하며 정보를 제게 전달해 줬으면 합니다."

"그래도 괜찮은가? 나를 대신할 사령관이라니⋯⋯."

그런 인물이 있냐는 것이다.

소피아는 중앙을 담당하고 있었고, 올라프는 루덴 산지의 요새화를 진행 중이다.

나도 이곳 레노바에서 움직이지 못하는 상황.

"있어요. 믿음직한지는 알 수 없지만요."

바로 알티오르 살레온이었다.

사면을 받았던 그가 전선에 복귀할 준비를 하고 있었던 것이다.

전선이 잠시 교착상태가 되며 여유가 생긴 나는 알티오르 살레온과 면담도 하고, 애들도 볼 겸 그란셀로 향했다.

살레온의 영지였던 그란셀은 새로운 관리가 부임하여 통치를 하고 있었다.

반란을 꾀했던 살레온 공작가는 완전히 몰락한 상태이긴 했지만 그들의 저택은 여전히 그곳에 있었다.

현재 그란셀은 대륙 북부, 중부, 남부에 대한 모든 방위에 대한 교두보가 될 수 있었기에 군사적인 거점지로 활용이 되고 있었다.

그런 탓에 국내에선 이곳이 가장 안전했다.

그렇기에 에리나와 에스텔을 비롯해 아기들도 여기서 머물고 있었다.

살레온의 저택 정원에선 류나를 필두로 하여 아기들이 뛰거나 기면서 놀고 있었다.

"앗, 알스 님! 오셨어요?"

행복한 표정으로 애들을 돌보고 있던 에리나가 종종걸음으로 다가온다.

품에 안겨 있는 그녀의 아들 루시우스가 흔들림에 울상을 짓는다.

"잠깐 시간이 나서."

"유미르 씨와 에오니아 씨도 오셨군요. 어서 오세요."

저택 응접실에 들어가자 저택의 시종장 조안이 차를 내왔다.

그녀의 얼굴을 보자 옛 생각이 났다.

"오랜만이네요, 조안. 당신에게 집사 교육을 받던 게 어제 같은데……."

"실제로 얼마 되지 않았죠. 7년 정도 전의 일이니까요."

조안은 초연한 얼굴로 고개를 절레절레 흔들었다.

"크게 될 것 같다고는 생각했지만, 설마 국왕이 되어 버리다니."

"하핫, 세상일은 모르는 법이죠. 알티오르는 지금 뭘 하고 있죠?"

"당신을 알현할 면목이 없다고 하셨습니다."

"딱딱하네요."

알티오르는 이번 전쟁터를 죽을 장소로 정했다는 모양이다. 사죄를 위해 자신의 마지막 불꽃을 태운다고 할까.

에리나는 걱정이 되는지 울상을 지었다.

짤그락! 조안이 내 앞에 찻잔을 내려놓았다. 김이 모락모락 피어오르며 과자의 향기와 함께 은은하게 응접실에 흘렀다.

그걸 류나가 귀신같이 알아채고 달려 들어왔다.

"아빠, 나도 과자 먹을래!"

에오니아는 고개를 절레절레 흔들었다.

"유미르가 없는 틈을 기가 막히게……. 자, 류나, 먹기 전에 손이랑 얼굴을 닦아야지."

에오는 손수건을 꺼내 류나의 얼굴을 닦아 준다.

류나는 유미르가 오기 전에 다 먹어야 한다는 듯 게걸스럽게 과자를 먹어 치우기 시작했다. 그거로도 모자라 동생들에게 나눠 주려는지 주머니에도 챙긴다.

"더럽잖아. 동생들 과자는 아빠가 챙겨 줄 테니까 혼자 먹어."

"응!"

내 말이 무제한으로 먹어도 된다는 허락으로 들렸는지 기세를 올린다.

슬쩍 그 배를 만져 보니 물컹! 하고 뱃살이 만져졌다.

"이잉! 배 만지지 마."

류나는 앙탈을 부리며 몸부림을 쳤다. 자기도 살이 찐 건 신경 쓰이는 모양이다.

그러다 움찔! 귀를 쫑긋하더니 후다닥 내 품으로 돌아와 조신하게 앉았다.

곧 철컥! 문이 열리며 유미르가 나타났다.

"……."

유미르는 눈매를 좁히며 류나를 노려보았다.

류나는 시치미를 뗀 얼굴로 에리나를 따라 하는 것처럼 차를 마시는 시늉을 했다.

유미르는 크게 한숨을 쉬었다. 최근엔 류나가 나를 닮아 너무 영리해졌다며 푸념을 했을 정도.

"도련님, 특무대 사람이 뵙기를 청하고 있습니다."

"특무대에서? 알겠어, 바로 갈게."

류나를 맡겨 두고 가려 했으나 오랜만에 만나서 그런지 류나는 떨어지려 하지 않았다.

하여 그대로 안은 채 특무대원을 만나러 향했다.

특무대원은 북부 전선을 지휘하던 쥬라스가 보낸 자였다.

"쥬라스 님의 전언입니다. 북부와 중부 전선이 교착돼 있으니 남부에서 전황을 흔들어 주길 바라고 계십니다."

"흠, 우리도 북부와 중부에서 상황이 바뀌길 기다리고 있는 상황이었는데 공교롭네요. 그쪽은 그렇게나 어렵습니까?"

"적이 농성으로 작전을 바꿨습니다."

"하긴, 남부에서 공격을 가했으니 비대칭으로 북부와 중부는 수비를 강화했겠죠. 하지만 남부도 상황이 여의치 않은 건 마찬가지입니다. 적이 루덴 산지를 수복하려는 움직임을 취할 때나 움직일 생각이에요. 그도 아니면 크로싱의 해군을 통해 적의 해상 보급로를 틀어막아 볼 생각입니다."

"그 부분에 대해서 쥬라스 님의 전언이 있었습니다."

"……?"

마치 내 생각을 읽고 있었다는 듯했다.

"현재 크로싱의 해군 전력은 부재중입니다."

"부재중이라면……?"

"이미 작전에 들어간 상황입니다."

"……그랬던 거군요. 그 작전을 성공시키기 위해 시선을 끌 필요가 있다는 겁니까?"

"쥬라스 님은 그 역할을 당신이 수행해 주길 바라고 계십니다."

쥬라스가 세운 작전이 무엇인지는 모르겠지만 필시 허를 찌르는 작전일 게 분명했다.

"그 과정에서 모든 수단을 동원해도 괜찮습니까?"

"예, 승인이 떨어졌습니다."

적진에 있는 내부 첩자를 전부 소모해도 된다는 승인.

이번 작전이 그만큼 중요하다는 뜻이었다.

나는 수락을 하고 적을 섬멸시킬 작전 수립에 들어갔다. 이종족의 대영웅 캘버린과의 정면 승부에 들어간 것이다.

쥬라스의 계책을 돕기 위해 시선을 끌기로 한 나는 동부의 병력을 한 번 더 끌어모아 남부로 파견했다.

이 군대의 대장은 알티오르 살레온이 맡기로 했다.

그 군대가 그란셀에 도착하자 별택에 있던 알티오르가 모습을 드러냈다.

　그는 나를 보곤 착잡한 표정을 지었다.

　"끝끝내 기다리고 계셨습니까?"

　"대군의 장을 맡겨야 하니까요. 보고 가지 않을 수 없었죠."

　"으음……."

　알티오르는 나와 에리나를 번갈아 보곤 희미하게 웃는다.

　"그때 우리 저택에 집사 수업을 받으러 온 꼬마가 설마 왕이 되다니. 오래 살고 볼 일입니다."

　"조안도 몇 번이고 말하더군요."

　"하하……."

　그는 너털웃음을 지었다.

　"에리나를, 내 손녀를 앞으로도 잘 부탁합니다."

　이에 에리나가 입술을 앙 깨문다.

　"할아버지, 곧 죽을 것처럼 얘기하지 마세요. 전 할아버지에게 루시우스가 성인이 된 모습을 보여 주고 싶다고요."

　"허허! 여기서 10년을 더 살라고? 그건 힘들지 않을까?"

　"그러니까 그런 약한 소리를 하지 말라는 거예요!"

　난 가족끼리 시간을 보내게끔 자리를 피해 주기로 했다.

　"휘유! 이걸로 전력 보강은 완료가 됐는데……."

　이제 남은 건 전투의 작전 구상이었다.

나는 홀로 집무실에 돌아와 전도를 펼쳐 두고 멍하니 그걸 바라보았다.

그러던 차였다.

똑똑! 소심한 노크 소리.

"응……? 들어와요."

그러나 문은 열리지 않았다.

또다시 똑똑! 노크 소리가 들린다.

"들어오라니까요?"

여전히 열리지 않는 문.

혹시 누가 장난을 치나 싶어서 직접 나가 문을 열어 보았다.

그러자 낑낑거리며 문에 기대고 있는 류나가 보였다.

그 곁에는 에르니와 에드 쌍둥이들도 있었다.

"류나! 엄마는!?"

"에헤헤, 혼자 왔어!"

"허……!"

혼자 온 것도 놀라웠지만 쌍둥이들까지 데려올 줄이야.

"위험하잖아. 그러다 나쁜 사람들한테 잡혀가면 어쩌려고 그래."

"나쁜 사람 없어."

"뭐, 그거야 그렇지만……."

류나는 신이 나서 내 집무실에 들어왔다.

에르니와 에드도 까하하 웃으며 뛰논다.

류나는 곧장 내 의자를 올라타 책상으로 향했다.

내 집무실에는 항상 고급 과자가 비치되어 있다는 걸 알고 찾아온 모양이었다.

"욘석, 또 과자 때문에 왔구나? 자, 먹여 줄 테니까 아빠 무릎에 앉아."

"이잉, 혼자 앉을 수 있어."

류나가 내 품을 떠나자 에르니와 에드가 안아 달라며 옷소매를 당긴다.

쌍둥이들을 품에 안은 채 과자를 먹여 주고 있자니 배를 채운 류나가 전도에 대고 색깔 놀이를 시작했다.

그게 귀엽기도 했고, 뭔가 영감이 떠오르지 않을까 싶어 그냥 놔두기로 했다.

"거긴 루덴이라는 산지야. 올라프 아저씨가 지금 거기 있어."

"빨강!"

루덴 산지를 붉게 색칠하는 류나.

"빨강인가…… 화공을 당하면 위험할지도 모르긴 하지. 대비를 해 놓으라고 해야겠네."

"여기는?"

"거긴 콜린이라고, 항구도시야. 지금은 적군이 점거하고 있어."

"음……. 검정!"

"검정? 왜?"

"그냥!"

"검정이 맞긴 하겠네. 거긴 지금 적의 본진 역할을 하니까."

그런 의미에서 이번 전투의 표적이기도 했다. 루덴 산지를 우리가 점거하고 있는 상황에서 적의 해상 보급을 담당하는 콜린을 탈환하면 적을 크게 몰아낼 수 있으니까.

'하지만 캘버린이 그걸 모를 리가 없어. 무언가 다른 책략을 사용할 것 같은데.'

그 책략이 무엇인지 알 수가 없어 조금 답답한 상황이었다.

테토라 아니스트리의 경우 침투해 있는 내부 첩자의 도움으로 어느 정도 정보를 얻을 수 있었지만 캘버린은 아니었다.

'애거트가 캘버린의 휘하에 있다고 했었지. 어떻게 접촉을 할 수 있으면 좋을 텐데.'

그때였다.

"아빠, 여기는 뭐야?"

"거긴 프릭센이라고, 산과 산 사이에 있는 평야 지대야."

"음……. 초록!"

"초록? 어째서?"

"산을 연결해 줄 거야!"

"⋯⋯!?"

뭔가 뇌리에 걸린 나는 전도를 다시 살펴보았다.

프릭센은 전략적으로 크게 중요한 곳은 아니었다.

'하지만 상대가 점거를 한다고 했을 경우엔⋯⋯.'

그곳을 기점으로 동남부로 더 뻗어 나갈 수 있다. 양쪽에 산을 끼고 있는 지형이니만큼 수비에는 용이하니까.

'설마 레노바를 노리는 게 아니라 동남부로 더 뻗어 나가 겠다고?'

가늘고 긴 전선을 만들겠다는 뜻이었다.

이 경우 우리가 병력을 총동원하여 일시에 남부를 괴멸시켜 버릴 수도 있긴 하지만, 상대가 그걸 지켜보고 있을 리 없다.

즉각 서부 전선에 있는 병력들이 밀고 들어올 것이다.

'전선을 다각화시키겠다는 의도일지도 몰라.'

그러기 위한 요충지들이 남부에 꽤 많았다.

게다가 상대 진영에는 구 빌랑의 귀족들이 포진해 있다.

일단 자리를 잡으면 그들이 시민들을 선동하여 혼란을 야기할 수도 있었다.

"⋯⋯밖에 누구 없습니까? 아무나 좋습니다."

그러자 특무대원이 문을 열고 부복한다.

"명령을 내려 주십시오."

"지금 당장 척후대에 전갈을 보내도록 하십시오. 프릭센, 날손, 오딘슨. 이 세 지역을 집중적으로 조사하라고요."

"옛!"

후다닥 떠나가는 정보원.

그 배턴을 넘겨받는 것처럼 유미르와 에오니아가 달려왔다.

"도련님!"

"아기들은 여기 있어."

"휴우……!"

"잘 좀 보고 있지. 애들이 내 집무실까지 찾아와서 놀랐다니까?"

"죄송합니다. 잠깐 한눈을 판 사이에……."

류나는 엄마가 나타나자 재빨리 책상에서 내려와 의자에 앉고는 얌전한 척을 한다.

"그래도 류나 덕분에 기분 전환이 됐으니까, 혼내지 마."

"예."

유미르는 류나의 손이 더러워진 걸 보고는 질색을 하며 데리고 갔다.

혼자 남게 된 에오니아는 내 품에 안겨 잠들어 있는 쌍둥이들을 보며 황홀한 듯 웃고 있었다.

"애들이 아빠를 엄청 좋아하네!"

"그런가? 쌍둥이들은 다들 잘 따르지 않아?"

"조금 달라. 애들이 그래도 아무 품에서나 잠들진 않거든. 알스 너니까 안심하고 자고 있는 거야."

에오는 주변 눈치를 보고는 내 옆에 앉았다.

그러고는 내 어깨에 머리를 기댔다.

그걸 내가 무반응으로 일관하자 콩콩! 정수리로 내 턱을 찔러 왔다.

"왜 그래."

"……."

에오는 내가 고개를 돌리자 기다렸다는 듯 자기도 고개를 돌려 입을 맞춰 왔다.

"집무실에서 무슨 짓이야."

"그치만……."

에오는 오래 참았다는 듯 투정을 부리며 모이를 쪼는 것처럼 계속 입을 맞춰 왔다.

그러던 찰나였다.

"알스! 잠깐 괜찮냐!?"

벌컥 문을 열고 들어오는 일리야 스승.

"읍!?"

입을 맞추고 있던 우리는 화들짝 놀라 떨어졌다.

"이, 일리야! 노크도 없이 무슨 짓이야!"

에오의 핀잔에도 스승은 아랑곳 않았다.

"무슨 일인데 그러세요?"

"그게……. 스승님이 찾아왔다."

구데리안 체스터. 현재 적으로 있는 그가 돌연 그란셀에 나타난 것이었다.

구데리안과는 과거 레인폴에서도 만난 적이 있었지만 그 당시엔 딱히 적대 관계는 아니었었다.

그러나 지금은 달랐다.

구데리안은 이미 자잘한 전투에서 우리를 상대로 전과를 올리고 있는 적의 핵심 장수였다.

그가 우리 군부의 핵심지역인 그란셀에 기습적으로 나타 난 것이다.

나는 서둘러 채비를 갖추고 응접실로 향했다.

그곳에 구데리안이 사람 좋은 할아버지 같은 미소로 아기 가웨인과 놀고 있었다.

"이건 대체……?"

일리야 스승이 현기증을 느끼는 듯 말한다.

"가웨인이 얼마나 컸는지를 보러 오신 것 같다."

"그렇다고 해도……."

적진 한가운데로 들어오다니.

다른 의도가 있는 게 분명했다.

아니나 다를까, 구데리안은 나를 보고 눈빛을 달리했다.

"오랜만이군, 알스. 3년 만인가?"

"예, 그 정도인 것 같네요. 건강하신 것 같아 다행입니다."

"훗, 비꼬는 건가? 그 건강함으로 리안드의 병사를 죽이고 있다고 말이야."

"그런 의미도 없지 않아 있죠. 오늘은 가웨인을 보러 오신 겁니까?"

"그것에 더불어 앞으로 있을 전쟁에 대해 조언을 해 주려고 왔다."

"조언……입니까? 작전에 대해서 말씀해 주신다면 대환영입니다만."

물론 그걸 곧이곧대로 믿기는 힘들었다.

상대가 구데리안과 일리야 스승의 관계를 알고 거짓 정보를 심어 놓으려 하는 걸 수도 있으니까.

결론부터 말하자면 그런 건 아니었다.

그가 말하고자 하는 건 일종의 선전포고였다.

"나는 캘버린의 전언을 전달하러 왔다."

"캘버린……!?"

"역시 아는 것 같군. 돌연 스벤너에 나타난 특무장군. 엄청난 놈이지. 그 무력도, 카리스마도 말이야."

구데리안은 그에 대해 아낌없는 찬사를 보냈다.

"그가 제게 무슨 말을 했습니까?"

"자격을 보이라 하더군."

"자격⋯⋯?"

"그래, 대륙 전체를 통합할 역량을, 조화시킬 역량을 보여 달라고 말이야."

"그게 그의 목적입니까?"

이종족의 영웅 캘버린이 모신에게 협력한 목적. 그에 대해서 나도 줄곧 궁금했다.

구데리안이 말을 이어 간다.

"그자는 인간이면서도 인간을 원망하는 모순된 자다."

"저도 알고 있습니다. 그는 이종족을 이끌고 인간과 전쟁을 펼쳤으니까요."

구데리안도 캘버린에 대해 자세히 아는 건 아니었기에 우리의 설명을 듣고는 납득을 한다.

"그는 진심으로 인간을 멸망시키길 원하면서도, 한편으론 자신이 패하길 원하고 있다. 진정한 의미로의 패배를 말이야. 그래야만 자신이 품고 있는 모순도 해결이 될 테니까."

패함으로써 자신이 틀렸다는 게 증명이 되고, 본인 자체가 틀렸으니 모순도 사라진다. 캘버린은 그걸 원하고 있는 것이다.

그걸 위해 진심으로 우리를 멸망시키기 위해 전쟁을 수행하고 있는 것이다.

"그자가 말하더군. 만약 전쟁에서 자신이 승리한다면 자신이 옳았다고 판단하고 인간들을 모조리 몰살시키겠다고. 그러니 꼭 이기라고 말이야."

캘버린의 선전포고. 응하지 않을 수 없었다.

"뭐, 어차피 이길 생각이었으니까요. 그 부분은 문제없습니다."

"훗, 아무렴 그래야지."

구데리안은 내심 우리 쪽으로 마음이 기울어 있는 모양이었다.

하여 귀순을 권해 봤지만 소용없었다.

"알스, 우리 서방의 수인들은 네가 이끌어 갈 국가에 아무런 도움도 되지 않을 거다. 인간에 대한 우리의 증오심은 불화의 싹이 되어 두고두고 너를 괴롭히겠지."

"……."

"전쟁을 통해 모조리 죽여라. 방법은 그것밖에 없다."

그는 씁쓸하게 웃고는 자리에서 일어났다.

"가능하면 이 자리에서 날 죽여라. 그게 전쟁에 도움이 될 거다."

"……전 장군입니다. 솔직히 그러고 싶은 마음도 있어요."

내 말에 일리야 스승이 눈을 휘둥그렇게 뜨고 안절부절못했다.

"하지만 그럴 수 없습니다. 당신은 일리야 스승님의 아버지 같은 존재이자 가웨인에겐 할아버지나 다름없으니까요.

전쟁에서 승리하여 당신을 생포하겠습니다. 이후에는 무기를 내려놓고 사사로운 행복을 만끽하며 평온하게 살아가 주세요."

내 대답에 구데리안은 벙찐 표정을 지었다.

곧 호탕하게 웃는다.

"하하하핫! 사사로운 행복이라……. 내게도 아직 그럴 여지가 남아 있다는 건가……. 그거 괜찮겠군. 긍정적으로 생각해 보마."

그는 뭔가 느끼는 게 있는지 자조 섞인 웃음을 흘렸다.

"그럼 전장에서 보자꾸나, 알스, 일리야, 내 제자들아."

홀연히 나타나 홀연히 사라진 구데리안.

일리야 스승은 못 박힌 듯 서서 그 뒷모습을 멍하니 응시하고 있었다.

코앞으로 다가온 결전.

나는 3천의 병력을 이끌고 다시 레노바로 향해야 했다.

그렇게 내가 떠나려고 하자 용케도 알았는지 아기들이 합창을 하듯 울기 시작했다.

"아빠, 가지 마!"

류나가 바짓가랑이를 잡고 오열을 했고, 다른 아기들도 영문을 모른 채 덩달아 울었다.

"으이구, 우리 딸. 아빠 가지 마?"

"가지 마!"

"안 가면 앞으로 군것질 안 할 거야?"

"……안 할 거야!"

"욘석, 지키지도 못할 약속은 하는 거 아니야. 그 대신 아빠가 돌아오기 전까지 과자 많이 먹어도 돼."

"이잉……."

"동생들 잘 돌봐 줘. 알았지?"

"응……. 아빠 잘 갔다 와."

아이들의 눈물 젖은 배웅을 뒤로한 채 레노바로 내려온 나는 곧장 지휘관들을 모아 작전 회의에 들어갔다.

구데리안에게서 들은 전언을 전달하자, 소피아는 피식 웃는다.

"자신이 품고 있는 모순을 다른 사람이 부정해 주길 원하고 있는 거군요."

"그런 셈이죠."

"캘버린……. 뭔가 동정이 가는 자네요."

"동정이 간다뇨?"

"많이 괴로울 것 같아서요. 그는 자신이 인간이 아니었으면 좋겠다고 생각했을지도 몰라요. 그러면 고뇌할 일도 없을 테니까요."

분명 그랬다. 캘버린이 만약 엘프나 오크 같은 다른 종족이었다면 모순 같은 것도 생기지 않는다. 순수하게 인간을 증오하면 그만이다.

"……그런 뜻이었나."

"예? 무슨 말이에요?"

"그냥요, 이제야 자격을 보여 달라는 캘버린의 말의 진의를 알 것 같아서요."

그는 애초부터 자신이 잘못됐다는 걸 알고 있다.

만약 캘버린이 정말 이종족과 인간을 똑같이 생각했다면 모순 자체도 없다. 구태여 상대를 증오할 필요도 없다. 똑같이 평등한 자들끼리 전쟁을 했다고 하면 누구를 원망할 것도 없으니까.

그럼에도 캘버린은 인간을 증오했다.

그건 즉, 처음부터 인간과 이종족을 평등하지 않은 별개의 존재로 생각했다는 뜻이다.

그런 그가 모든 종족의 통합을 이뤄 낼 수 있을 리가.

"제게 그 그릇을 보여 달라는 거예요. 정말로 모든 종족을 평등하게 볼 수 있는가를. 자신이 하지 못한 것을 할 수 있는가를."

"과, 과연. 그렇지만 어떻게요? 전쟁에서 이긴다고 그걸 보여 줄 수 있을 리가 없잖아요?"

"……"

난 캘버린이 굳이 구데리안을 통해 전언을 보낸 이유가 있을 거라 생각했다.

거기엔 다른 메시지가 있는 것이었다.

그게 무엇인지 지금은 어렴풋이 알 것 같았다.

나는 곧장 엘레나를 호출했다.

최근 드래곤들과 함께 엘리치산맥으로 향했었던 그녀는 초췌한 표정으로 나타났다.

드래곤끼리 티격태격하는 걸 말리느라 지친 모양이었다.

"무슨 일이죠?"

"부탁이 있어서요. 엘레나, 이 편지를 드래곤들과 미라벨에게 전달해 주세요. 만약 그들이 동의를 하지 않는다고 하면, 어떻게든 당신이 설득을 해 줬으면 해요."

"제가요!?"

"이번에 여행을 하면서 친해졌을 거 아녜요."

"안 친해졌어요! 얼마나 싸웠는지 당신은 모를걸요."

질색을 하는 엘레나.

그래도 어쩔 수 없었다.

"미라벨도 설득을 해야 하니 어쩔 수 없어요. 당신밖에 할 수 없는 일이에요."

"어휴, 그러면 에오도 데려가도록 할게요. 덤으로 쌍둥이 아기들도요."

"쌍둥이들은 왜요?"

"듣기로는 아기들을 전부 데려가서 선조님의 심기가 불편한 모양이에요. 쌍둥이들을 보여 주면 그나마 기분이 나아지겠죠."

"뭐……. 어쨌든 동의를 받아 주세요. 기한은 길어야 두 달 정도입니다."

"사람을 험하게 부리네요. 알겠습니다. 바로 가도록 하죠."

어깨를 축 늘어뜨린 채 떠나가는 엘레나.

그때 전령이 후다닥 달려 들어왔다.

"보고드립니다! 척후대가 암약하는 적군을 발견! 적들은 요새화를 꾀하며 전선을 늘리고 있다고 합니다!"

"하하, 류나의 감이 제대로 들어맞았네."

남부에서 전선을 가늘고 길게 늘려 가고 있는 적군.

그 움직임에 따라 남부 지역에서 반란이 발생하기 시작했다.

적진에 구 빌랑의 왕족과 귀족들이 대거 포진해 있던 점이 포인트였다.

적들은 최대한 전선을 길게 뻗어 요새화를 꾀한 뒤, 그 주변의 영토를 포섭하려 하고 있었다.

"이건……. 그 캘버린이란 자의 책략인가? 꽤나 아픈 부분을 찔러 왔군."

카이엔을 돕기 위해 올라간 루트거를 대신해, 북부의 지휘관으로 임명된 알티오르의 발언이었다.

그는 내 눈을 보며 말한다.

"어찌할 생각이십니까? 이대로라면 주변 영토가 적의 손아귀에 떨어질 겁니다. 저들이 자리를 잡은 지역들은 모두 구 빌랑 귀족들에 대한 반감이 적은 곳들입니다. 시민들이 적에게 투항할 가능성이 높습니다."

그 경우 적은 내부에서 보급을 해결할 수 있다. 우리가 서부에서 오는 적의 보급로를 끊어 버려도 문제가 없어지는 것이다.

이 경우 기껏 점령해서 요새화를 하고 있는 루덴 산지는 물론이고 해상 보급로에 대한 책략도 무위로 돌아간다.

소피아가 고개를 갸웃하며 말한다.

"그런 이점은 알겠는데……. 하지만 굳이 왜 이런 번거로운 방법을 택한 거죠?"

"우리가 공격을 하게 하기 위함이에요."

내 대답에 소피아는 미간을 찌푸렸다.

"그런 거였군요. 이번 전쟁의 형태는 우리가 수비를 하는 입장이었으니……."

"맞아요. 우리가 북부에서 치고 들어간 탓에 상대가 남부 전선을 움직였죠. 그 과정에서 올라프가 포로로 잡혔던 거고요."

이 형태가 최근에 들어 바뀌었다.

내가 서방의 군대를 한번 패퇴시키기도 했고, 북부와 중부에서도 교착 상황이 벌어졌기 때문이다.

이런 상황이니 남부에 있는 적들도 먼저 공격하기가 힘들었다.

그러니 이 책략을 통해 우리가 먼저 공격하게끔 유도를 한 것이다.

전술적인 의미에서 수비가 공격보다 유리한 것은 당연지사. 적은 이 이점을 취하려 했다.

"꽤 머리를 썼네요……. 이제 어쩔 거죠, 알스?"

"원래라면 시민들이 적에게 투항하지 않도록 첩보전을 펼쳐야 했겠지만……. 지금은 시선을 끌어 달라는 쥬라스 녀석의 부탁이 있었으니까요. 출진하겠습니다!"

쥬라스 녀석이 시도한 책략을 믿고 크게 한탕 벌이기로 했다.

나는 알티오르에게 서부에 대한 방위를 전부 맡기고 소피아의 군대까지 규합.

남부의 적에게 총공격을 가하기로 했다.

한편 서방의 진영.

테토라 아니스트리는 울분으로 인해 몇 날 며칠 동안 제대로 잠을 자지 못하고 있었다.

"빌어먹을! 알스 일라인……!"

설마 거기서 그런 대대적인 힘 싸움을 걸어올 줄은 그녀도 예상하지 못했다.

과거의 전쟁에서 알스는 역병을 퍼뜨린다는 아주 독특한 책략을 펼쳤었다.

그러니 이번에도 무언가 심오한 것이 있을 거라 판단하고 간결하게 선수를 칠 생각이었다.

그렇기에 7만의 군대를 이끌고 빠르게 북진해 레노바를 노린 것이었지만, 알스는 처음부터 그럴 줄 알고 있었다는 듯 힘 싸움으로 짓눌렀다.

"케스퍼! 밖에 있냐!"

"예, 테토라 님."

케스퍼는 입맛을 다시며 그녀의 주위를 훔쳐보았다.

그 주위엔 화풀이 대상이 된 시녀들이 피투성이가 되어 쓰러져 있었다.

케스퍼는 자신도 화풀이 대상이 될까 두려웠다.

"예전에 올라프라는 고위 포로를 잡았었지?"

"스벤너가 데려간 포로를 말씀하시는 거라면 그렇습니다."

"그 포로는 지금 어디 있지?"

"그게 잘……. 캘버린 특무장군은 스벤너 쪽에서도 비밀스러운 인물인지라 정보가 부족합니다."

"혹시 풀어 줬다든가……?"

"설마요. 그건 배반 행위입니다."

"……."

테토라는 캘버린의 태도가 마음에 걸렸다.

뛰어난 장군임에는 분명하지만 뭔가 꿍꿍이가 있는 것 같다고 할까.

'그놈에겐 뭔가가 있어.'

그걸 밝혀내고 싶었다. 그래야만 군의 작전권을 다시 찾을 수 있기 때문이다.

현재는 지난 전투의 패배를 빌미로 캘버린이 작전권을 독점하고 있는 상황이었다.

그러던 도중 그녀의 눈이 번뜩 뜨이는 소식이 전해진다.

"급보! 리안드가 전 병력을 동원하여 남하하는 중이라고 합니다! 적의 규모는 10만!"

"총공격이라고!? 그게 사실이냐?"

케스퍼가 눈을 부릅뜨며 되물었다.

이렇게 되면 서부에 주둔하고 있는 하시쿠란의 스벤너군

이 동진을 할 게 분명했다.

케스퍼는 어째서 알스가 이런 승부수를 띄웠는지 이해할 수 없었다.

반면 테토라는 무언가 구린 것을 느꼈다.

"시선 끌기……? 하지만 그렇담 어디를 노리고 있는 거지?"

"테토라 님, 뭐가 됐든 적의 공세를 막아 내야 합니다."

"그렇지……."

리안드는 군을 두 갈래로 나눠 남하하고 있었다.

소피아가 이끄는 5만, 알스가 이끄는 5만의 군대다.

이에 따라 서방&스벤너의 군대도 군을 두 개로 나누어 대치를 시작했다.

전장으로 선택된 건 프릭센이라는 지역이었다.

순차적으로 숲, 산지, 협곡, 산지, 평야로 이뤄진 지형이었다.

이곳은 구 로이드 후작가가 지배하던 영토로, 남부의 요지였다.

이곳을 점거할 경우 적이 가늘고 길게 형성하려던 전선의 맥을 끊어 버릴 수 있었으니, 적도 이곳을 사수하기 위해 군을 파견했다.

"알스, 척후의 배치가 끝났다."

"고마워요, 가스파르."

이 지형의 핵심은 산지 사이에 끼어 있는 협곡이었다.

적은 이곳에 진지를 만들어 요새화를 꾀하고 있었다. 류나가 색칠 공부를 했을 때 산과 산 사이를 연결했다던 그 지역이었다.

"우리의 목표는 이 진지를 파괴하고 적을 뒤로 물리는 것입니다. 양쪽 산지를 점령해 그 사이에 있는 진지를 고립시키는 게 가장 좋은 방법이겠죠."

그러기 위해서 좌측의 숲과 우측의 평야를 점거해야 했다.

"소피아, 당신이 좌측의 숲을 맡아 줘요."

소피아의 상대는 테토라 아니스트리가 이끄는 서방의 군대였다.

소피아에겐 일리야 스승과 애쉬, 귄터, 가스파르를 붙여 줬다.

"숲에서의 전투는 제 장기예요. 맡겨 둬요."

소피아는 결연하게 고개를 끄덕였다.

그다음 내가 이끄는 5만의 군대는 우측의 평야로 가기로 했다.

"작전은 현장 상황에 따라 정하도록 할게요. 그럼 진군하겠습니다."

소피아가 먼저 군영을 떠났다.

그녀는 가스파르에게 첩보망을 한 번 더 확인하고는 갑옷을 착용하고 떠나갔다.

'소피아……'

듬직하게 느껴지는 반면, 불안한 감각도 있었다.

테토라 아니스트리의 교활한 수법에 휘말릴지도 몰랐다.

그렇기에 나는 애쉬에게 한 가지 비상시의 작전을 일러두기로 했다.

애쉬는 눈을 크게 뜬다.

"그랬다간 소피아 씨가 화를 낼지도 모르는데?"

"그래도 죽는 것보단 낫잖냐."

"그건 그렇지."

"그럼 믿고 있을게."

애쉬는 무겁게 고개를 끄덕이고 더그덕! 말을 채찍질하며 떠나갔다.

이후 나는 보급대로 5천을 편성하여 주둔시킨 뒤 4만 5천의 병력으로 진군을 시작했다.

하루 정도 진군을 하니 곧 해가 저물어 갔다.

그와 함께 적진의 불빛도 보이기 시작했다.

스벤너의 깃발이 펄럭이는 적 진영.

'저곳에 캘버린이……'

더불어 애거트도 있었다.

이종족의 대영웅과의 전투.

나는 그가 어떻게 나올까 새벽 내내 뜬눈으로 고민했다.

그렇게 동이 튼 아침.

상대가 선수를 쳐 왔다.

둥! 둥! 일제히 전진해 오는 병력.

적군은 첫날부터 총공격을 선택한 것이다.

# 7장

개전 첫날부터 전군 전진을 시작한 스벤너의 군대.

"주군! 적군이 치고 들어옵니다!"

"방진을 펼치겠습니다! 준비한 대로 진형을 갖추십시오!"

"옛!"

나는 정석적인 V 자의 기러기진을 펼쳐 적의 기세를 받아내기로 했으나 적은 도리어 발을 멈췄다.

"......?"

발을 멈춘 상대는 우리와 마찬가지로 V 자 진형을 만들었다. 내 입장에서 보면 ∧의 형태다.

'전술을 따라 하겠다는 건가......'

바둑으로 예를 들면 흉내 바둑이라는 게 있다. 포석을 똑같이 하여 상대를 혼란시키는 것이다.

그 흉내 바둑을 피하기 위해선 정중앙 천원에 수를 두거나 상대가 도무지 흉내를 계속하지 못하게끔 강력한 수를 둬야만 한다.

상대의 의도는 거기에 있었다.

내가 먼저 전술적인 수를 두길 원하는 것이다.

'그도 아니면 그냥 힘 싸움을 하자는 건가?'

그건 조금 부담이 있다. 지금 내 휘하의 무장은 안톤, 루크레치아, 퍼지 형님밖에 없다.

유미르도 있긴 하지만 유미르의 경우엔 내 경호원 역할에 불과하다.

'그럼 어디 전술적인 수를 둬 보실까.'

나는 루크레치아를 호출해 기마대 1천을 맡겼다.

이 V 자 기러기진의 약점은 측면이다. 허리를 끊으면 전방과 후방이 나뉘어 고립이 되기 때문이다.

그걸 위해 루크레치아에게 기마대를 맡겨 적의 측면을 찌르게 했다.

그와 동시에, 상대도 기마대를 출진시켰다.

"이것도 따라 하시겠다……?"

쿵! 각자의 옆을 타격하는 기마대.

똑같은 전술이었기에 전과도 똑같을 수밖에 없었다.

"그렇담 간단하게 차이를 벌려 주지. 안톤!"

나는 안톤에게 1만의 군대를 주어 루크레치아가 타격하고 있는 우측을 공격하라 지시했다.

이에 따라 상대도 좌측에서 1만의 군대가 진군.

각 무장들이 얼마나 잘해 주느냐에 따라 판가름이 나는 상황이 만들어졌다.

콰드드득! 단칼에 적을 베어 낸 안톤은 거칠게 포효했다.

"우오오오옷!"

그는 알스가 자신에게 1만의 병력을 맡긴 이유가 무엇인지를 너무나 잘 알고 있었다.

자신이 차이를 벌려 주길 원한 것. 다시 말해 자신을 신뢰한다는 뜻이었다.

그건 안톤에게 있어 무엇보다 강력한 응원이었다.

"너무 앞으로 나가셨습니다! 일단 뒤로 물러나십시오!"

"아니, 계속 간다! 루크레치아 님이 있는 곳까지 가겠다!"

안톤은 부관들의 만류에도 불구하고 그 무위를 앞세워 돌파를 해냈다.

불도저처럼 밀고 들어가는 안톤.

그러던 그때였다.

"엇차!"

"……!?"

캉! 안톤은 자신의 가슴을 향해 날아온 창을 높이 쳐 냈다.

찌릿! 안톤은 욱신거리는 손을 보며 미간을 찌푸렸다.

곧 자신의 앞에 당도한 심상찮은 기운의 남자를 보며 말한다.

"창을 던진 게 네놈이냐?"

"……."

상대는 씨익 웃고는 검을 치켜들었다.

"좋다, 상대해 주지!"

단칼에 끝장을 내 주겠다며 공격하는 안톤.

그러나 둘의 대결은 10합을 넘어 1백여 합까지 이어졌다.

안톤이 우위를 잡고는 있었으나 상대가 끈질기게 버텨 낸 것이다.

"으라아앗!"

캉! 온 힘을 다해 안톤의 월도를 쳐 낸 상대는 숨을 몰아쉬며 뒤로 물러났다.

그의 온몸은 상처로 가득했으나 치명상은 없었다.

안톤은 순수하게 감탄을 했다.

"제법이구나, 나를 상대로 여기까지 버텨 낼 수 있는 자가 있다니……."

아닌 게 아니라 이 정도면 에오니아를 넘어 엘레나나 일리야와 비슷한 수준이었다.

"그야 당연하죠. 나도 많이 성장했다고요, 안톤 형."

"……!?"

"이 정도면 충분히 안톤 형과도 좋은 승부가 될 수 있을 거라 생각했는데…… 역시 형은 대단하네요."

"넌 설마……. 애거트냐!?"

애거트는 투구를 벗으며 웃었다.

"헤헷, 오랜만에 봐서 기뻐요. 그치만 이 앞은 가지 마요."

"뭐라……?"

"이 앞에 함정이 있거든요. 알스 형도 아마 알고 있을걸요."

그 말이 끝나기 무섭게.

"본진에서의 전언입니다! 당장 뒤로 물러나 태세를 갖추라고 하십니다!"

"거봐요."

루크레치아의 기마대도 빠져나오고 있었다.

"……."

안톤은 애거트를 지그시 응시했다.

"애거트, 우리 진영으로 와라. 올라프 씨는 네가 스벤너 진영에 있는 게 더 도움이 될 거라 했지만, 내 생각은 달라. 계속 있다간 위험하다. 뭣보다 주군에게 칼을 들이민다는 과오를 스스로 범하지 마라!"

"……저도 마음 같아선 그러고 싶은데요. 미안해요, 형. 제겐 여기서 해야만 하는 일이 있어요. 그 일을 끝내기 전까진 칼을 겨눠야 할 것 같아요."

"다음에 다시 전장에서 만나면 널 죽여야 할 수도 있다."

"바라는 바입니다. 안톤 형님의 칼에 죽는다면 그것도 괜찮을 것 같네요."

"하아……. 해야만 하는 일이라는 게 뭔지는 모르겠지만 빨리 끝내도록 해라."

안톤은 한숨을 쉬며 등을 돌렸다.

피피피핑! 곧 스벤너 진영에서 날아온 화살이 덮쳐 오자 안톤은 후퇴의 발을 빠르게 했다.

애거트도 투구를 다시 눌러쓰고 돌아섰다.

알스의 전술을 흉내 내며 고착화돼 버린 전장.

캘버린은 입꼬리를 올렸다.

"무리를 할 생각은 없다는 건가."

만약 알스가 무리해서라도 이 전황을 뒤집으려 했다고 하면 거기서 숨통을 끊어 볼 생각이었다.

그러나 알스는 미끼를 물지 않았다.

'애거트 녀석도 적을 그냥 보내 준 것 같고 말이지.'

전부 다 예상했던 일이긴 했다.

지금은 그렇게까지 급할 필요가 없었다.

전장은 두 곳이기 때문이다.

평야 전장의 경우에는 결국에 전술 싸움, 힘 싸움이 될 수밖에 없기에 변수가 많지 않다.

반면 소피아와 테토라가 맞붙고 있는 좌측의 숲은 변수가 많았다.

거기서 어떤 결과가 나오느냐에 따라 이곳 전장의 양상에도 변화가 있을 테다.

"돌아왔습니다."

애거트는 슬쩍 캘버린의 눈치를 봤다.

캘버린은 피식 웃는다.

"오랜만에 동료를 만나니 좋더냐?"

"아하하…… 죽을 뻔했어요."

"강해 보이더군. 안톤 퀸테르인가……. 한번 싸워 보고 싶군."

"진심이십니까?"

"왜, 안 되나?"

"안 된다기보단……. 그러지 말아 주셨으면 합니다. 두 사람 중 하나가 죽는 건 보고 싶지 않으니까요."

"훗, 내가 질 수도 있다는 건가. 더더욱 흥미로운걸."

캘버린은 다른 부관을 호출하여 말한다.

"군을 물려라. 적은 어울려 줄 생각이 없는 모양이니까."

"옛!"

"그리고 애거트, 네게 좋은 말을 하나 줄 테니 전장을 우회하여 숲으로 가라. 그곳에서 테토라 아니스트의 전쟁을 보고 오도록."

애거트는 눈살을 찌푸렸다.

"여차할 땐 제가 리안드를 도울 수도 있다는 걸 알고 있는 겁니까? 그걸 서방의 군대가 알아챘다면 난리가 날지도 모른다고요."

"별로 이 전장의 승패는 중요하지 않아, 애거트."

"그게 무슨 뜻입니까?"

"상대에게 불세출의 영웅이 있다. 나보다도 뛰어난 그자가 회심의 작전을 펼치고 있다."

"알스 형이 대단한 사람이긴 한데……."

"알스 일라인?"

그는 고개를 흔들었다.

"그 녀석은 통치자로선 최고일지 모르나 장군으로선 기껏해야 나와 동급에 불과해. 내가 그 녀석에게 기대하는 건 하나의 전투보단 전체적인 부분이다."

그렇기에 구데리안을 보내서 그런 메시지를 전달한 것이었다. 알스라면 알아줄 것이라 생각하고.

"반면…… 쥬라스 파밀리온, 그자는 달라."

"……!? 그 녀석과 만난 적이 있습니까?"

그 애거트의 물음에 캘버린은 말없이 미소를 지을 뿐이었다.

개전 첫날부터 격돌한 평야 전장.

이는 숲에 진을 치고 있던 양군에도 빠르게 전달됐다.

소피아는 유미르를 통해 전달받은 서신을 받아 들고는 고개를 끄덕였다.

"고마워요, 유미르."

"예, 그럼."

"가기 전에 가스파르 씨와 한마디 얘기라도 하고 가요."

소피아는 알스의 서신을 보며 입꼬리를 삐죽였다.

"상대도 이 전장에서 변수가 나오길 바라고 있다라……."

그녀는 모종의 불안감 같은 걸 느끼고 있었다.

적장 테토라 아니스트리에 대한 두려움이었다.

지난번 전투에선 알스가 개입을 하여 크게 물을 먹이긴 했으나 그 전까진 테토라의 생각대로 됐다.

만약 알스가 개입해서 받아쳐 주지 않았다면, 소피아는 그대로 당했을지도 몰랐다.

"테토라 아니스트리……. 악명 높은 서방의 악마가 과연 어떤 작전을 펼쳐 올지…….”

소피아는 군을 전개한 채로 상황을 관망하고 있었다.

이 숲 지형은 경사가 져 있었다. 언덕 중앙에 8천 명 정도의 병사가 주둔할 수 있는 공간이 형성돼 있었는데, 그곳을 점령하여 요새화를 하는 게 전투의 키포인트였다.

당초 소피아는 상대가 그 지점을 먼저 확보하고 있을 거라 생각하고 전장을 우회할 계획이었으나 상대는 그 지역을 그대로 놔두었다.

마치 미끼를 뿌린 것처럼.

회의에 참여하고 있던 귄터가 말한다.

“상대가 무슨 생각을 하고 있는지는 몰라도 저런 좋은 지형을 가만히 둘 수는 없습니다. 제게 병력을 주면 점령을 하여 버티겠습니다.”

“그렇게 할 수 있다면 좋겠지만…… 뭔가 걸려요, 뭔가…….”

“소피아 공주님.”

“이젠 공주가 아니잖아요. 그렇게 부르지 마요.”

“그럼 소피아, 자신감을 가져. 네가 언제나 말했잖아. 자기는 알스와 동급이라고. 알스라면 지금 어떻게 했겠어?”

“상대의 의도를 읽어 내고서 역이용을 했겠죠. 문제는 그 의도를 모르겠다는 거예요.”

알스라면 어떻게 할까, 계속 고민해 보던 소피아는 눈을 번뜩였다.

"우리가 중앙 언덕에 집중을 하고 있는 사이에 병력을 우회시킬 생각일지도 몰라요."

"우회……?"

그 발언에 잠자코 있던 애쉬가 고개를 흔들었다.

"어디로 우회를 한다는 거예요? 보급고는 꽉 틀어막고 있고, 우측의 평야 전장으로 병력이 이동했다면 그걸 눈치채지 못할 리도 없잖습니까."

"그건 아직 모르겠지만 상대의 의도는 이것밖에 생각할 수 없어요."

병력 우회를 생각하고 있다면 중앙 언덕을 점령하고 있지 않은 것도 납득이 간다.

중앙 언덕을 점령하고 있다고 하면 필연적으로 그곳이 본진이 된다. 그 상황에서 병력을 우회했다간 본진의 전력이 약해져 소피아가 중앙 언덕으로 총공격을 가하면 손해를 보게 된다.

"병력 움직임을 자유롭게 하기 위해 그런 선택을 한 거예요. 어디로 우회했냐는 나중에 생각하기로 하고. 당장 중앙 언덕을 점령하도록 하겠습니다!"

소피아는 귄터에게 병력을 주어 중앙 언덕을 점령하게끔 만들었다.

그 점령 작업은 순탄했다.

소피아는 곧장 요새화를 꾀하며 전투가 벌어지지 않는 상황을 만들려 했다.

그러나 그때 그 보고가 들어온다.

"보고드립니다!"

사색이 되어 달려 들어오는 전령.

그 내용을 들은 소피아의 표정도 일그러졌다.

그것은 리안드의 민간 약탈에 관한 소식이었다.

"말도 안 돼요! 리안드가 마을을 약탈하고 방화했다니! 거짓 정보입니다!"

"하지만 실제로 마을은 약탈됐다고 합니다! 시민들도 우리 군이 약탈을 했다고 생각하고 있습니다!"

"서, 설마……."

소피아는 말문을 잃고 말았다.

리안드가 했을 리는 없으니 이건 적의 자작극이라는 뜻이었다.

별동대에게 리안드의 군복을 입게 하고 약탈을 한 것이다.

그 약탈이 벌어지고 있는 지역은 뷜랑의 귀족들이 입김을 불어넣어 시민들에게 투항을 요구하고 있는 곳이었다.

그런 상황에서 리안드가 마을을 약탈했다는 소식이 들리면 시민들은 당연히 리안드가 반란 토벌을 시작했다고 생각하게 된다.

이 경우 어쩔 수 없이 서방과 스벤너를 의지할 수밖에 없

엑스트라 책사의
굴욕로드

어진다.

"어서 첩보 부대를 파견해서 시민들을 대피시키세요! 거짓 정보를 바로잡아야 합니다!"

소피아는 빠르게 대처를 했지만 다음 날 새벽.

드르륵! 군영으로 끔찍한 시체들이 실린 수레가 가득 도착한다.

"우웨에엑!"

"아, 아아……!"

구토를 하는 병사들이 있는가 하면 질색을 하며 도망가는 병사들도 있었다.

소피아도 하얗게 질린 얼굴로 그걸 바라보고만 있었다.

서방의 악마, 테토라 아니스트리가 본격적으로 이빨을 드러낸 것이다.

리안드의 군대로 위장하여 학살을 시작한 서방의 군대.

소피아는 하얗게 질려 있었다.

상대가 테토라 아니스트리인 것을 알았을 땐, 이와 비슷한 일이 발생할 수도 있을 거라 생각은 했지만, 설마 이런 형태가 될 거라곤 알지 못했다.

"우리 군으로 위장하여 학살을!"

"옛! 그와 함께 거짓 정보도 빠르게 퍼지고 있다고 합니다!"

"큭……!"

군부 회의장엔 어두운 분위기가 깔려 있었다.

부관으로 있던 애쉬와 귄터, 둘 다 과거 발라스에서의 전투에 참여한 이력이 있었다.

알스가 전염병을 이용해 테토라를 농락한 그 전투 말이다.

그때도 비슷한 상황이 벌어졌다.

테토라는 한자리에 틀어박혀 방비를 굳힌 채, 별동대를 이용해 발라스의 영토를 약탈하고 민간인을 학살했었다.

지금은 약간 다르다.

리안드의 군대에게 요지를 점령하게 만들고, 별동대에 힘을 실어 더욱 교묘하고 악랄하게 약탈을 하고 있었다.

문제는 어떻게 적의 행동에 대처를 하느냐였다.

과거의 전투에선 그래도 적의 본진이 있었기에 그걸 괴멸시키는 방법으로 승기를 가져왔지만, 이번 경우엔 적의 본진이 보이질 않았다.

소피아는 신경질을 냈다.

"아직도 적의 본진은 발견하지 못한 건가요!?"

"예, 그것이 적의 첩보가 워낙 철저한지라……."

"가스파르를 불러와요!"

첩보대를 책임지고, 본인 스스로도 첩보원으로 움직이고

있던 가스파르는 고개를 흔들었다.

"지금은 힘들어. 그 구데리안 녀석이 첩보대를 움직이고 있거든. 아무리 나라도 구데리안 녀석의 후각은 피해 갈 수 없어. 발목을 붙잡힐 경우 죽는 건 확정이고."

일리야도 거들었다.

"가스파르의 말이 맞다, 소피아. 스승님께서 작정하고 첩보대를 운영하면 달리 손을 쓸 수가 없어. 소수가 아닌 부대를 이용해서 첩보를 해야 하지."

"그러면 적의 매복에 걸릴 가능성이 너무 높아요! 첩보를 위해 부대를 움직일 수 없어요. 어떻게 안 되나요? 유미르 씨도 동원을 한다면……!"

그 말에 가스파르가 험악한 표정을 지었다.

자신의 딸을 이렇게 위험한 첩보 작전에 투입하고 싶지 않았던 것이다.

그때 귄터가 손을 들었다.

"굳이 적의 본진을 찾지 않아도 되는 것 아닙니까?"

"뭐라고요?"

"그, 그러니까요. 우리의 목적은 이 숲을 점령하고 우측에 있는 산지를 통제하에 두는 겁니다. 그래야 그 사이에 있는 적의 요새를 무력화시킬 수 있는 거니까요. 그 작전 목표만을 생각해 보면, 지금 이 상황은 나쁘지 않다고 생각합니다."

"그래서요? 작전 목표를 달성하기만 하면 민간인이 학살을 당해도 괜찮다는 건가요? 그것도 우리 리안드를 사칭한 적에게?"

"그, 그런 뜻이 아니라……. 알스라면 그렇게 했을 것 같아서요."

과거 발라스 전투에서도 그랬다.

알스는 상대가 별동대를 이용해 민간 학살을 시작했을 때, 굳이 그 움직임을 따라가지 않았다. 최소한의 조치만 취하며 오히려 그 상황을 이용해 전투를 승리로 이끌 책략을 고안했다.

그로 인해 민간인이 굉장히 많이 죽었으나 결국 전쟁에서 승리했다.

그리고 그때, 그 결정에 가장 크게 반발했던 게 소피아였다.

소피아는 민간 구출을 강하게 주장하며 스스로 민간 구출 작업을 진행했고, 그 과정에서 참혹한 광경을 수도 없이 목도했다.

그런 그녀에게 지금 이 상황은 그냥 넘어갈 수 없는 것이었다.

"나는 알스와 달라요. 작전 목표도 달성하고, 민간인들의 피해도 최소화할 겁니다. 그러기 위해선 적의 본진을 찾아낼 필요가 있어요. 현재 상대는 별동대를 대거 파견하며 본진의

힘이 약해진 상태일 테니까요. 그 본진을 격파하면 별동대의
힘도 자연스럽게 죽어 버릴 테죠."

소피아의 주장에도 일리는 있었다.

그때 줄곧 잠자코 있던 애쉬가 입을 열었다.

"알스에게 조언을 구하는 건 어떻습니까? 쓸데없는 자존
심을 세우지 말고요."

이에 소피아의 눈가가 꿈틀거린다.

"자존심을 세운 적 없어요. 전 합리적인 판단을 내린 거니
까요. 게다가 알스에게도 지금 상황에 대해 전령을 보냈습니
다. 그의 조언도 곧 도착하겠죠. 하지만 그렇다고 그 조언을
무조건적으로 따를 생각은 없어요."

소피아는 알스가 작전 목표를 우선시하라 지시를 내릴 거
라 확신했다.

그러느니 자신의 힘으로 테토라를 이기고, 민간인도 구출
하고 싶었다.

"……그럼 이렇게 하지."

일리야가 나섰다.

"내가 가스파르 씨와 함께 첩보를 하겠다. 구데리안 스승
님을 상대로도 나라면 버틸 수 있을 테니까."

"……."

소피아는 입술을 질끈 깨물었다. 이는 자칫 가스파르와 일
리야 모두의 목숨을 잃을 수도 있는 판단이 될 테니까.

그렇게 될 경우 알스를 볼 면목이 없었다.

'그래도 방법은 이것밖에 없어.'

소피아는 고개를 끄덕였다.

"귄터도 붙여 줄게요. 최대한 빠르게 적의 본진을 찾아 주세요."

"맡겨 다오."

무기를 챙기고 나가는 일리야.

그때 애쉬는 무언가를 결심했는지 의미심장한 한숨을 내쉬고 있었다.

한편 북서부에선 스벤너의 군대가 일시에 침공을 해 오고 있었다.

알스가 중부의 군대까지 끌어들여 남부 토벌을 시작했기에 이쪽은 리안드군이 수세에 몰릴 수밖에 없었다.

스벤너의 지휘관인 2장군 하시쿠란은 물밀듯이 병력을 전개시키며 요지에 대한 공세를 시작했다.

그런 그는 생각 이상으로 단단한 리안드군의 수비에 눈살을 찌푸릴 수밖에 없었다.

"이봐라."

"옛!"

"적의 지휘관이었던 루트거 로젠버그는 알바드군에 합류했다고 하지 않았나?"

"그렇사옵니다."

"그런데 이 지휘력은 뭐지? 알스 일라인이 이곳 전선으로 오기라도 한 건가?"

"그것이……."

그때서야 보고가 들어왔다.

리안드군의 지휘를 맡고 있는 게 알티오르 살레온이라는 것이 말이다.

"오호, 과거 십걸에 속했던 캘리퍼의 명장인가. 재미있군."

하시쿠란은 씨익 웃고는 본격적인 전투에 들어갔다.

이런 소식은 그보다 위쪽, 중립국 발라스 전선에도 들어갔다.

그곳에서 군대를 지휘하고 있던 카이엔은 곰곰이 무언가를 고민하고 있었다.

루트거가 합류한 것도 이쯤이었다.

한번 리안드로 돌아가 정비를 한 그는 알바드 내에 있는 자신의 영토에서 과거 자신 휘하였던 기사단을 이끌고 왔다.

카이엔과는 지난 1년간 여러 번 만나긴 했으나 그 부관들인 길리아스 멜번, 유시스 골드레이와는 오랜만의 재회였다.

"루트거 씨!"

"……."

반색하는 유시스와 뚱한 표정의 길리아스.

루트거는 쓴웃음을 지었다.

"오랜만이군, 길리아스. 유시스 너와는 그때 그 전장 이후로 처음인가."

루트거는 카이엔의 제자들 중에선 필두와 같은 존재였다.

딸 에스텔의 일로 은거하기 전엔 차기 십걸은 확정적이란 평가가 있었을 정도다.

길리아스는 고개를 절레절레 흔들었다.

"그런 당신이 그런 애송이를 섬기다니. 전 아직도 믿기지가 않습니다."

"애송이라니? 그의 능력은 이미 검증이 됐는데 말이야."

"그렇다고 해도 그보다 뛰어난 군웅은 많습니다. 우리 선생님께서도 그렇고, 쥬라스 파밀리온 그자도 마찬가지입니다."

루트거도 그 말엔 동의를 했다.

알스는 뛰어나지만 큰 약점이 하나 있었다. 바로 가신들에게 너무 많은 정을 준다는 점이었다.

그때 카이엔이 피식 웃었다.

"그건 누구나가 가지고 있는 약점이니라. 루트거 너도 마찬가지이지."

"아……."

그도 그랬다. 루트거는 딸 에스텔이나 손녀 럭스의 목숨이 위험하다면 전쟁을 포기할지도 몰랐다.

"그리고 그건 나도 마찬가지였지."

"선생님도 마찬가지라뇨! 선생님은 완벽하십니다!"

길리아스가 부정했으나 카이엔은 고개를 흔들었다.

"알스 그 녀석이 내 손자라는 걸 알고 놓아주지 않았더냐. 나도 마찬가지야. 모든 사람들이 그렇지."

"으음……."

"아니, 한 녀석은 제외일지도 모르겠군."

"한 녀석이라고 하시면……?"

"쥬라스, 그놈은 다르다."

아기였던 알스를 살려 둔 것이 자신을 치기 위한 쥬라스의 계략이었다는 걸 알았을 땐 전율했다.

"놈은 나조차도 가볍게 능가하는 불세출의 천재야. 약점조차 보이지 않는 괴물 같은 녀석이지."

그의 그 평가에 다들 침을 꼴깍 삼켰다.

"그래서…… 루트거, 그 쥬라스 놈이 궁리하고 있다고 하는 작전은 무엇이더냐? 이런 식으로 무리를 해 가면서까지 시도해야 하는 작전이 대체 무엇인고?"

알스가 남부를 총공격하는 이 형태는 바람직하지 않았다.

지금은 시간을 두고 전장을 하나씩 차근차근 정리하는 게 좋았다. 그도 그럴 게 총국력 자체는 자신들이 우위에 있기 때문이다.

그럼에도 쥬라스는 시선을 끌어 달라는 전언과 함께 모종의 작전을 개시했다.

"저도 자세히는 모릅니다. 알스에게 들은 바로는 함대를 이용한 작전이라고……."

"함대?"

모두가 의문을 표했다.

카이엔은 지그시 전도를 노려보았고 유시스는 고개를 흔들었다.

"있을 수 없는 일입니다. 함대를 이용해 공략할 수 있는 지점은 없어요. 스벤너도, 서방도 그 부분에 대해선 주의를 기하고 있을 테니까요. 상륙을 하기조차 힘들 거고, 상륙을 한다고 해도 보급이 문제입니다."

"저도 똑같은 생각입니다. 선생님, 이 작전은 당장 막아야 하지 않겠습니까?"

한참이나 전도를 노려보던 카이엔이 말한다.

"함대로 공략할 수 있는 지점은 없다. 유시스 네 말이 맞아."

"그렇담……!"

"그렇기에 녀석이 괴물이라는 거겠지."

"예?"

"공략할 수 있는 지점이 없다는 사실을 잘 생각해 보면 답은 간단히 나오지."

공략할 수 있는 다른 지점을 노리러 간 것이다.

엘란 왕국엔 전운이 흐르고 있었다.

여왕 로자는 나날이 들어오는 불온한 보고에 마음 편한 날이 없었다.

'연맹이 계속해서 군비를 증강시키고 있어……'

군대를 만들고, 전쟁 훈련을 시작하고 있었다.

일부 마법사들과 전사들만이 아닌 일반 시민들을 징집하고 있었던 것이다.

'어서 중앙 대륙의 전쟁이 결판이 나 줬으면 좋겠는데.'

그래야 알스를 비롯한 인재들이 다시 복귀를 한다.

그녀는 내심 알스의 복귀를 손꼽아 기다리고 있었다.

최근엔 양국의 결연을 위한 정략결혼이니 뭐니 얘기가 많이 나오고 있었기에 더더욱 그랬다.

그녀는 어차피 정치적인 결혼을 하게 될 거라면 알스와 하고 싶었다. 알스는 리안드의 국왕이기도 하고, 형식상 엘란 왕국의 공작이기도 했으니까.

'에리나는 이미 설득을 했고, 에스텔도 친해졌으니 문제없고, 유미르와 에오니아만 납득을 해 주면 되는데……'

그것도 시간문제라 생각했다.

"나도 참. 이런 때에 무슨 생각을 하고 있는 거람."

지금은 어려운 시기다. 중앙 대륙도 그렇고, 이곳도 전쟁 직전의 상황이다.

로자는 정신을 바짝 차리고 서류에 눈을 돌렸다.

그때였다.

"폐, 폐하!"

후다닥 달려오는 내정관. 길버트 살레온이었다.

이곳으로 유폐되듯 와 일을 시작한 그는 로자의 측근으로 움직이고 있었다.

그 길버트의 표정은 귀신이라도 본 것 같았다.

"왜 그러시죠?"

"정체불명의 함대가 연맹을 공격하고 있다고 합니다!"

"정체불명의 함대요!? 그게 대체 뭔가요!?"

"그, 그것이 첩보원이 그려 온 적 함대의 문양은 이것입니다만……."

"이건……? 뭔가 본 기억이 있는데요."

"그러실 겁니다."

길버트가 당연히 그렇다며 고개를 끄덕인다.

"이건 크로싱의 문양이니까요."

"크로싱! 그렇담 우리도 지원을 보내야겠군요!"

"이미 움직이고 있었습니다."

"예……?"

"이곳에 있던 자신의 측근들에게 이미 지시를 내린 듯합니다."

홀연히 사라진 크로싱의 함대. 쥬라스는 그 함대를 이끌고 연맹을 침공하며 불씨의 싹을 자르고 있었다.

다음 권으로 이어집니다

# 꿈의 도약, 로크에서 하십시오
## (주)로크미디어에서 신인 작가를 모십니다

즐거운 세상, 로크미디어는 꿈을 사랑하고 도전을 두려워하지 않는 작가 분들의 참신한 작품을 기다리고 있습니다. 21세기 장르 문학계를 이끌어 갈 차세대 선두 주자 (주)로크미디어에서 여러분의 나래를 활짝 펴 보시길 바랍니다.

**모집 분야** 판타지와 무협을 포함한 장르 문학
**모집 대상** 아마추어 작가, 인터넷 작가
**모집 기한** 수시 모집
### 작품 접수 시 유의 사항
1. 파일명은 작가명_작품명.hwp형식을 갖춰 주십시오.
1. 파일에 들어갈 내용은 다음과 같습니다.
   − 성명(필명인 경우 실명을 밝혀 주세요), 연락처, 이메일 주소
   − 제목, 기획 의도
   − A4용지 1장 분량의 등장인물 소개
   − A4용지 2장 분량의 전체 줄거리
   − 본문
1. 작품이 인터넷에 연재되고 있다면, 게시판명과 사이트의 구체적이고 정확한 주소를 기재해 주십시오.

선택된 작품은 정식 계약 후 출판물로 간행되어 전국 서점에 유통됩니다.
작가 분은 (주)로크미디어의 전폭적인 지원하에 전속 작가로 활동하시게 됩니다.
※ 자세한 내용은 로크미디어 홈페이지(rokmedia.com)를 참조하세요.

(04167)서울시 마포구 마포대로 45 일진빌딩 6층
(주)로크미디어 편집부 신간 기획 담당자 앞
전화 : 02) 3273 − 5135
www.rokmedia.com     이메일 : rokmedia@empas.com